再這樣會死掉吧！

이러다 죽겠다 싶어서

所以我開始運動

운동을 시작했습니다

弱雞上班族的生存運動手記…………金芝媛 김지원 著

前言

來注射咖啡因吧！

在二〇一三年某個氣溫超過三十五度的日子。

超大滴的血無預警地滴落在攤開的手冊上。我當時正拿著手冊走在警察局的步道上，被這突如其來的鼻血嚇到，立馬衝進廁所照鏡子。鏡中女子眼眶下的黑眼圈就像棒球選手一樣，鼻子上還掛著兩條鼻血。在那之後，流鼻血對我來說就像家常便飯一般。甚至到後來我連摀住鼻子都懶，直接放任鼻血恣意奔流。

二〇一四年的某一天，託某個作東主難得大方請客的福，唱完第三攤KTV時，牆上的時針剛好指在凌晨三點的位置上。後來我根本不知道自己到底是怎麼到家的，倒頭大睡幾個小時後，便搭捷運去上班。從包包裡掏出耳機時，突然眼前一片漆黑。不管再怎麼眨眼，依然什麼都看不到。我被漆黑的狀況嚇到整個人都在發抖，還好大概十秒之後，又開始慢慢地能看見了。

這是我剛出社會，二十多歲時發生的幾件插曲。之後也陸陸續續發生過搭2號線，因為一上車就打瞌睡，結果搭了兩個多小時才過了兩站（韓國地鐵2號線是環狀線），或是周末睡得昏天暗地，一睜開眼竟然已經是隔天早上的事情。

很多年前，曾經有人問我：「如果只能帶三個東西去無人島，你會帶什麼去？」當時我毫不猶豫地選擇了酒、香菸和咖啡。大家常看的電視連續劇或是電影中，二十多歲的社會新鮮人總是開朗美麗又充滿活力，但是這些跟我一點都沾不上邊；我每天都拖著不舒服的身體，還皺著眉頭。每天早上不要說「美好的早晨」了，不說「這見鬼的早上」就不錯了。

酒、香菸和咖啡（酒精、尼古丁和咖啡因）是我生存的必備品。上班坐在辦公桌前，如果不來一杯濃濃的咖啡的話，根本無法打起精神。公司附近有一家咖啡廳的咖啡真的超濃，所以我就成了那裡的常客。發呆時總會不禁想像著自己現在坐在電腦桌前，將吸管插入冰美式咖啡中大大吸一口的行為，就像是躺在病床上打著咖啡因的點滴一般。這時候要是再來一點尼古丁的話，就像是在瀕死的身體注入電流一般，藉由那樣的「抽搐」，來讓自己稍微提振一點精神。因此，如果想要讓腦袋清醒一點以便處理一些急事，或是想要喘口氣時，我隨時都會叼一根菸在嘴邊。

因為白天要靠咖啡因來勉強提神，所以到了晚上如果沒有酒精就無法入睡，因而開始了「一天一啤酒」的生活，到後來連啤酒也起不了作用，便拿出爸爸擺在櫃子裡的洋酒來喝，導致隔天早上起來精神不濟，感覺連打呵欠都充滿酒味。

或許我的職業本來就不是對健康太友善的職業吧！這個職業對我的健康還真的是沒半點好處。在聯誼時，只要提到我的職業是記者，對方就會接著問說：「你常加班吧？」「最多能喝幾瓶燒酒？」仔細回想，突發事件發生時，那怕是半夜也得要衝去現場，還得需要和完全不認識的人應酬。加上一不小心就會被人罵是「垃圾記者」，因此如果不硬撐的話，就會感覺自己像被世界拋棄了一般。

更加雪上加霜的是，我感受到自己的身體連應付日常的生活機能，都顯得心有餘而力不足。由於長期承受巨大壓力之故，本來就已經缺少的肌肉只剩下臉部的肌肉了。我的肩膀和脖子就像是向日葵面朝著陽光般，也向著筆電的方

向彎曲，一點都沒有要伸直的樣子。為了矯正歪斜的姿勢，我試過連在椅子上的脊椎矯正機、矯正坐墊、長得像石膏的護頸椎脖套、腳吊床等，但是卻沒有一樣能解決我日常生活中的疼痛和痛苦。

本來手中的錢就不是很充裕了，卻因為身體狀態不好，不得不再硬挪出一些錢去按摩。有一天，按摩師一邊按著我的背，一邊對著我說：「你的背上一點肌肉也沒有，這樣生活真的沒問題嗎？想要好好活下去的話，多少做點運動吧！」在這之前，我從來沒聽過有人用這樣充滿憐憫的口氣對我說話。

但是，對我這種人來說，要運動是一件相當難的事情。雖然說，肉體只是乘載著精神的「容器」，但是我從來都沒想像過這個「容器」到底能有多少的可能性。國中畢業後，甚至不曾有跑到微喘的程度，也不曾呼朋引伴地去運動。高中一年級的體育課，我不是穿著閃亮亮的芭蕾舞鞋去練習創作舞台劇，就是整學期都待在室內練著能讓大腿變細的伸展操；到了二年級直接選了音樂課來代替體育課，之後真的就連一點活動身體的時間都沒有了。

更致命的一點是，哪怕我的體力真的很差，但是因為身體算是瘦的，所以根本不覺得運動有什麼重要的。因為不管是什麼類型的運動，只要是以女生為主要客群的，都是強調能在「短時間內快速瘦下來」的功效。在二十多歲時，受身邊的人和廣告的影響，總覺得「瘦＝美麗又健康」，不過隨著年紀增長，調節工作強度的剎車板失靈後，情況就開始不同了。像我這樣如火柴棒一樣乾瘦的身體，根本沒什麼能乘載能量的空間，感覺每天都在用力過生活，卻沒有什麼意義。

加上在這之前，我幾乎每天都不要命地灌酒，現在我破爛的身體只要不再呼喊著「投降」，能好好地撐住，對我來說，簡直就是實境綜藝「瞬間捕捉 世界有奇事」[1]等級的感動，更是韓綜「體驗生活現場」[2]等級的驚心動魄。

我這樣應該還算好吧，身為大韓民國上班族，誰身上沒有半點病痛呢？僵硬的腰和肩膀每天持續悲鳴，下班後像沙丁魚般擠上捷運，回到家後筋疲力盡到連一根湯匙都握不好，然後隔天又再重覆著一樣的生活，每晚只能將身體拋在床上呼呼大睡。

我絲毫不懷疑這樣的日子會一天天地持續下去。雖然三不五時也會想著應該要加強英文能力，不過每次都是三天捕魚，兩天曬網。所以如果有人跟我說：「你兩年後會喜歡運動更勝過喝酒。」我一定會大聲斥責他說：「不要說

那些天方夜譚！」

話雖這麼說，但是現在的我只要晚上沒什麼特別的行程，一定維持一周三到五次以上的運動頻率，而且已經維持這樣的習慣超過兩年了。只要可以抽空去運動，那怕是很短暫的時間，也能讓我一整天歪坐在辦公桌前盯著筆電的身體重新得到活力。

運動之後立刻能感受到的變化，就是現在覺得公司送的鮪魚罐頭與橄欖油的年節禮盒變輕了。訝異之下看了禮盒上的標示，上面寫著五公斤，這比我單手舉啞鈴的重量還輕。記得才不過幾年前而已，當時我提著一模一樣的禮盒回家，手臂痛了好幾天，而且提著禮盒走路時，因為重心不穩，所以手會不停亂晃，使得小腿多次與禮盒碰撞，結果還瘀青了。

以前，周末對我來說就是整天窩在沙發上補眠的日子，而現在，卻變成我能好好專心運動的「甜蜜時光」。運動後，因為肌肉和體重的增加，所以媽媽對我的暱稱從「寶貝女兒」變成了「猩猩」（是稱讚的意思喔！），就連之前天天不離手的酒也戒掉了。戒酒成功的理由很簡單，因為喝酒的話，不只當天，就連對隔天的運動都有影響。現在我的身體雖然會因為運動而有延遲性肌肉痠痛，但是因姿勢不正而導致肩膀、脖子、脊椎的疼痛卻消失了。還有，我的日常生活也有了很大的變化。

為了在運動時不受傷，我還特別去上研習課，並在二〇一八年拿到生活體育指導員的執照。在這之後，我也持續看書與運動，雙管齊下地學習。而我的目標只有一個，就是讓乘載著精神的這個「容器」能維持像現在一樣健康。期許自己到了四十、五十歲時，那怕活得恣意張揚，也一樣能精神奕奕。

如果現在有人再問我：「只能帶三個東西到無人島上，你會帶什麼？」我一定會毫不猶豫地回答：「訓練椅、啞鈴組和深蹲架。」

1 譯註：一九九八年韓國 SBS 播映的實境綜藝。

2 譯註：一九九三年起在韓國 KBS 2TV 上播映的綜藝節目，共播映了十八年四個月。

CONTENT

3 原來我也有「腿勁」！ 82

CHAPTER 1

從頹廢的記者變身爲健身狂

現在年過三十的我，再度進入健身房，是抱持著「不能再這樣活下去了」的想法。每天光是在辦公室裡坐著，都能感受到腰背因僵直而引發的疼痛。去看中醫，才發現我的脊椎已經優雅地捲成一個C字，醫生神情莊嚴地勸我進行要價高達幾百萬韓幣的脊椎矯正。聽了金額後，我腳步沉重地回家，途中突然有個想法一閃而過，「如果要花這個，還不如找私人健身教練看看……」

我的改變是從重訓開始。運動的真正目的不是變瘦或是變漂亮，而是「不管變胖還是變瘦，都要愛自己的身體」。

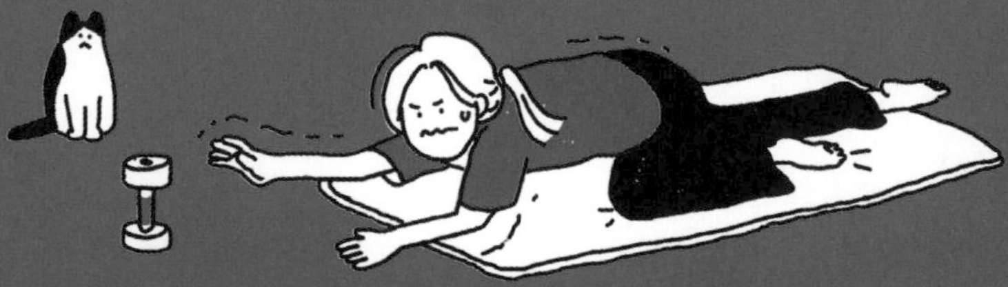

沒錯，我就是在做很無聊的運動

「健身中心旁邊是拳擊場，拳擊場旁邊是跆拳道場，跆拳道場旁邊是 Crossfit Box……」走在路上，總能看見項目類似的運動會館群聚在一起的有趣風景，甚至有時候還會在同一個商圈中毗鄰而居，當然，這些會館彼此間的競爭可是如火如荼的呢！而且有時競爭也相當的逗趣。

像是我家對面的體育館，裡面的館長是教格鬥技與防身術，他在門口便以大大的標語寫著「你還要在那無趣的跑步機上跑多久？」這標語不只是針對廣告的目標族群而已，同時也指著隔壁棟，也就是我在上的健身房。每天早上去搭公車或是去運動時，都能看到大大的布條上面寫著「那麼無聊的健身房你還要去？」「你這傢伙！都幾年了啊！」老實說每次看到時，內心都有一種很妙的感覺。

健身似乎是「無聊」的代名詞。雖然我把健身當作興趣已經超過三年了，但是只要我告訴大家「我的興趣是健身」，其他人就會露出一副匪夷所思的表情，彷彿我說的是「我的興趣是資源回收」或「我的興趣是修剪棉被露出的線頭」一樣。

如果你想要運動的話，其實有有很多的選擇。像是十多年前在社區中很難見到的攀岩、舉重和空中瑜珈等教室，現在都能在巷弄中發現，最近甚至還有幾個人聚在一起運動的課程，或是免費的慢跑俱樂部。而在這麼多的運動項目中，熱門運動的一大特徵應該就是「社群性」吧！哪怕像我這種是為了活下去而開始運動的人，剛開始的時候也有一段時間執著於尋找運動社群。

因為當時覺得既然要運動，更何況是我人生中第一次運動，還是要選個有趣一點的運動吧！不過，我很快就夢醒了。因為一點進最近有超高人氣運動的網頁，就會發現上面都是一些帥哥美女一起聽課的照片，或是年輕的型男潮女穿著漂亮的緊身褲一起注視著鏡頭的照片。我一看就知道，他們的世界和我這個年過三十，連ＩＧ都沒有的宅女世界的距離，就像是破洞的襪子和艾菲爾鐵塔的距離。

在閒暇時，我喜歡沉浸在一個人的世界中。雖然我也喜歡和我喜愛的人一

起歡聚，不過如果對象是一大群不認識的人，那就另當別論了。有些人和不認識的人相處也能像充電一般，得到不少活力，但對我來說卻反而會消磨精氣神。因此，比起一日課程，我更適合持續性的運動，把運動變成日常生活的一部分。所以在選擇運動的種類時，一定要考慮自己的特性。

每個人都有最適合自己的運動，那感覺就像是穿上一雙「最適合的襪子」一般舒適。對我來說，健身就是最適合我的運動。因為基本上，健身是「一個人的運動」，就算身邊有健身教練，但他也不可能幫我舉起我的槓鈴。當我用力睜大眼睛，舉起槓鈴的那一剎那，全世界彷彿只有我一個人。不管是在那裡做運動，就算不是在家裡附近的健身房，但只要在戴上耳機的瞬間，立即就能沉浸在一個人的世界中。

雖然很多人只要聽到我的興趣是運動，就會說：「那你應該是很活潑好動的人囉？」但其實重量訓練和好動沒什麼直接關係。因為這個運動是相當孤獨且靜態的，幾乎可以說相當於參禪的程度了。

每一次重訓都要訂下目標，並照表操課。而且重訓並不是說力氣大，就能像機器人一樣輕鬆地舉起訂下的目標重量。因為有些人雖然下肢的狀態不好，但是上半身的狀態卻不錯，可能本來想要鍛鍊闊背肌，卻錯誤地在豎脊肌上用力。就算是一組十五次的運動，真正能刺激到想要的目標肌肉群的次數也才不過四五次而已。還有為了能輕鬆舉起，因此設定了過於簡單的目標，而無法展現運動成果。在重量訓練時，我的心情就像是遊走在「嘎啊～～～」（用力）和「啊～」（輕鬆舉起）之間的鋼絲一般，但是，最重要的還是不要讓自己受傷。

健身真的是很無聊的運動。我為了在鍛鍊身體時不要受傷，所以也去學一些像是解剖學或生理學等知識；為了維持良好的身體狀態與肌肉成長，必須戒掉泡麵和餅乾，好好地吃飯來攝取營養，甚至也要好好地休息，這些都是最基本的原則。此外，還要學會傾聽身體的聲音，看看是否有哪裡不舒服，避免身體受傷的危險。在我開始運動之後，不知不覺間便積極地投入在逛市場、做料理以及去復健科這幾件事情上。

有人說，雖然在運動前的準備過程很無聊，不過至少運動的本質算是有趣，但其實不然。就像是在運動中感受到「競爭」、「糾結」這些樂趣的人，對他們而言，重要的並不是和別人交流。而我在運動的過程中，是會想一直咬

牙挑戰，哪怕只是一次也好，希望能碰觸到「極限」，休息一下之後，再次舉起槓鈴，努力想辦法站起來，看這次能不能達到極限。所以，對我而言，比起想得到鍛鍊目標肌肉的成就感和愉悅感，更像是如受虐狂般地不斷克服挑戰。

即使如此，我還是有不能放棄運動的原因。比方說：在出差時踏進陌生健身房的瞬間、脫下皮鞋和套裝，換上運動服的剎那，就像是日劇《孤獨的美食家》中的五郎找到了秘密酒館一般；也像是掉進了樹洞中的愛麗絲，可以完全沉浸在運動的世界中。對我來說，在陌生的地方可以找到健身房的心情，就像是偶然發現了適合一個人喝酒的小酒館一樣開心。

這些由無聊所堆積而成，像棉花糖一般內心感到甜滋滋的瞬間，對我來說也很珍貴。像是之前使出吃奶的力氣也只能做一下的引體向上，不知不覺能輕鬆地做五下的時候；以前看著別人能舉四十公斤的槓鈴做深蹲就羨慕得不得了，現在竟然也能穩定地舉著六十公斤的槓鈴做深蹲的時候；原本練習傳統硬舉時，總是會搞得小腿和膝蓋滿是瘀青，不知不覺間，竟然變成了我最愛的運動的時候；還有之前連拉著行李箱都覺得累，但在我們全家去旅行時，竟然能從機場的行李輸送帶上，毫不費力地拿起全家超過二十公斤行李的時候。

當這些事情不斷地反覆，再想到之前遇到的瓶頸和難關，就覺得所有一切都能忍耐克服了。不，或許應該說，我變成了一個能恣意享受那些苦難時光的奇妙人類了。

在寫著「你到底還要在那無聊的跑步機上跑多久？」的宣傳布條上，其實還可以加上很多句子。像是「你到底還要舉著那無聊的槓鈴多久？」「你到底還要掛在那無聊的器材上多久？」等。不過，對於這些疑問，我想我會這麼回答：「那又怎樣，這世界上本來就有天生喜歡無聊的『無聊人』啊！」

變成金剛芭比沒你想得那麼簡單

「再這樣運動下去，如果變成金剛芭比怎麼辦？你難道都不擔心嗎？」只要跟大家說我的興趣是重量訓練時，不論是許久不見的摯友，或是沒見過幾次面的人，都會對我說這句話。或是類似像「我也想健身啊，可是我覺得身上太多肌肉的話，不太……」「你現在看起來剛剛好，不要再練……」等。聽到他們這樣說時，我根本無法說出我內心本來想對他們說的話，就只能這麼回應：

「沒關係啊，因為不管女生再怎麼運動，還是不太會長肌肉。」

曾經沉迷於運動的人都知道，想要炫耀自己的興趣，就跟想誇讚自己心中最愛的偶像一樣。不過，其實偶爾也會有下班後不想去健身房的時候；或是因為工作太多，已經累到渾身無力時，看著行事曆上面寫著下半身運動，當下真的都快要吐出來了，只想做比較輕鬆的項目的時候。但是在和別人聊到自己的興趣時，只想讓大家知道好的，並不太會提及這些痛苦負面的事。

不過，因為大家只要一聽到我的興趣就會有上述反應，因此我根本沒辦法進入「正題」。其實，我想說的不是沒關係，而是重訓的優點；我想告訴他們，一旦開始長肌肉的話，身體的效能都會變好，根本不需要別人稱讚，就能感覺渾身自信滿滿。

當健身的人說出「別擔心，我再怎麼運動，也不會長肌肉」這句話，就像是吹小號的人說「沒關係，我再怎麼練習也比不上切特．貝克用屁股演奏的」，或興趣是寫作的人說「沒關係，我不管多麼認真寫，就只是沒用的垃圾而已」。雖然這些話說得也沒錯，但是對於喜歡且熱愛該事物的人來說，要自己開口這樣說，是多麼諷刺且令人洩氣的話啊。

雖然現在社會上的認知多少已經有點改變了，不過，肌肉發達的女生、體格太胖的女生、胸部像男生一樣平坦的女生以及個子太高的女生，依然是「不符合社會期許」的存在。雖然，我們對男生也有期待的模樣，但是對女生的標準卻更為嚴苛。看到那些散落在公車站或捷運站整形廣告中的女模特兒，就像

是在對大家說：「像你這樣的女生還佯裝若無其事，一副活得很開心的樣子，還真是厚臉皮啊！」然而，男生就像是沒有被綁緊的氣球，體重上上下下也沒關係，但是女生卻要努力讓自己維持在一定的體重內。我覺得對生活在這社會上的女性而言，維持美麗而纖細的身材，或是將身材控制在標準範圍內，是生存的必須條件，而非一種選擇。

大學時期，我也有一種「為了獲得別人的喜愛，應該得要做些什麼」的強迫症。我全身上下都是自卑的根源。因為天生瘦巴巴，所以胸部很小；一天到晚都坐著，所以屁股相當扁平；鷹勾鼻再加上呆板的眼睛顯得缺乏精神，看起來就像是只有頭大大的黃豆芽一般。到了期中考時，為了將字典夾在大腿間讀書，所以不去學校圖書館，而是待在家裡讀書。

還記得當時的男朋友曾經半開玩笑地對我說：「你雖然很邋遢，但是因為長得算不錯，所以我才和你交往。」因為前男友的這一番話，反而更不能讓他看到我的醜態，甚至連去桑拿房都戴著隱形眼鏡，然後整天眼睛都紅紅的。以前去KTV時，我也會興致高昂地配合著歌曲跳著女團的舞蹈，然後有人這麼對我說：「真不知道你的自信到底是從哪裡來的？該不會是從臉吧？」

我小時候算是自尊心很強的。我的媽媽像刺蝟的媽媽一樣地愛著我，而我便用努力學習來報答媽媽。不僅常擔任班長，也得了很多獎。我因為「無法改變的某些特質」而受到不公平的待遇，是在長大之後才第一次遇到。

不管社會怎樣地將我的缺點掀開來檢視，只要我想試著「愛自己」，就會有人說我「自卑感爆棚」、「老是在自我安慰」，將我的存在一點一滴地鯨吞蠶食。符合社會標準的女性並不存在現實生活中，也沒有存在的必要。之前只要妝不服貼，一整天就覺得很煩；長了一個粉刺或是眼睛稍微有點腫的時候，一整天就很在意。因為照相的時候，臉頰的肉笑起來感覺很明顯，不知從何時開始，我就不再笑了。那天拍的照片中，留下的不是我的粉刺或臉頰上的肉，而是即使在那麼美好的天氣裡，有著晴朗的天空與美麗的樹木等能讓人感到幸福的情景下，卻因為他人的視線而無法享受這份幸福，滿是憂鬱的臉。

然而，我的改變是從重訓開始。運動的真正目的不是變瘦或是變漂亮，而是「不管變胖還是變瘦，都要愛自己的身體」。

但是，老實說運動時的我真的很醜。素顏再加上一頭捲捲的亂髮、汗跡斑斑的衣服。尤其是在一組運動做到最後，要撐著做完那一兩次時，我都盡量避

免去和鏡中的自己對到眼。因為那時的我一定是緊皺著眉頭，鼻孔撐得大大的。那樣子實在太搞笑，如果看到可能會笑出來，然後就沒力氣再撐下去了。

不過，我卻不討厭我運動時的臉。不，或許應該說，我非常愛我運動時的臉。這模樣，讓我回想起小時候掛著兩條鼻涕，到太陽下山前都黏在喜歡的遊樂器材上的小瓜呆。那時候的我，笑的時候就盡情大笑；累的時候就張開雙腿隨意坐在沙灘上；跑的時候，就盡全力奔跑。

雖然說要變成金剛芭比還有很長的一段路要走，但是我已經擺脫社會給我的「標準」，而且比任何時候都更加地愛我自己。這是因為我知道比起聽到別人稱讚你的眼睛好漂亮，當我把背上的槓鈴從五十公斤換成六十公斤時，所得到的愉悅感還要大更多。結實的僧帽肌是在深蹲時承受重量的重要存在，而已經有點變粗的手臂是在做上半身運動施力時，能幫助我的好朋友。

現在我的體重是女團審美的標準體重四十六公斤的「相反」，因為塊頭變大，所以之前瘦巴巴時在百貨公司花大錢買的合身小禮服拉到膝蓋後，根本就沒辦法再往上拉，沒辦法穿了。戀愛的時候常穿的緊身牛仔褲和熱褲，也因為大腿變粗而幾乎都穿不下了。但是，我還是覺得很幸福。

有些女生的存在就能帶給其他女生力量。二〇一九年七月，首爾航空的全美順成為韓國第一位女性副機長，她說：「我成為副機長後，相信之後會有更多女性投入這個領域。」這件事讓我有了新的想法，我期許自己有一天我的存在也能讓其他女生了解到生活可以隨心所欲，也可以更不一樣。如果想要完成這想法的話，由於我的工作是白天無法脫下衣服到處走的類型，那至少平常穿衣服時也要有點看頭才行吧，不過這對我來說好像有點難，所以現在有點苦惱。

朋友問我說：「你再這樣運動下去，如果真的變成金剛芭比怎麼辦？」現在我想，我終於能換一個方向來回答朋友的問題了。

「如果夠努力的話，女生也可以練得渾身都是肌肉。我的夢想就是變成女版的馬東錫，然後在深蹲時就能輕鬆舉起一百公斤。你會為我加油吧？」

要花大錢復健，還不如請個私人健身教練

「之前做過什麼運動呢？」年過三十的我徘徊在健身房前時，常會聽到這樣的詢問。這個問句中的語調和語氣相當重要，如果是把重音放在「什麼」上的話，就暗示著「身材不錯喔！感覺之前有練過，是練什麼項目的呢？」如果這個「什麼」慢了一拍，那麼就有隱含著「該不會」的意思。

「（該不會）以前曾經練過吧？像是健身房的三個月共享體驗券課程之類的？」聽著站在我面前的健身教練的口氣，絕對是後者的意思。而當時的我都會傻傻地回答：「呃……國小體育課的時候，有打過躲避球……」

老實說，我以前的確也曾健身過，不過已經是十年前的往事了。之前我曾經報名過健身房兩次。第一次是高三考完基測時，第二次是大學二年級時。這兩次大概都是因為在路上拿到傳單，而上面寫著「哇！健身房的會費比買鞋子還便宜！」這樣的宣傳文宣，對於我這樣的人來說是非常有效

的。因為「得要運動了」這個想法對現代人來說，是一種三不五時就會浮現的罪惡感。

在街上無意間收到的健身房傳單有種魔力，就像是會抓著「不運動的我」的領口拚命搖晃，然後說：「你這傢伙，省下兩次喝酒的錢就能去運動三個月了，竟然還不去運動？你這樣還算是人嗎？」因此，我這魚兒就上鉤了。

印象中的那兩次我都購買了三到六個月左右的課程，然後兩次都各去不到五次。因為我唯一會的就是打開跑步機的開關，所以去的時候就是在跑步機上跑步。偶爾也會看著整間都由玻璃打造的GX ROOM，裡面活力滿分的大嬸們穿得跟要去參加聖誕節的派對一樣，跳著女神卡卡的《撲克臉》（Poker face），而我實在是沒有勇氣加入她們。

排滿像是銬問犯人道具的器材的重訓區也不是我的世界。男生們在那裡一下舉舉啞鈴，一下換抬槓鈴，手和腳就像時鐘的指針一樣非常忙。真不知道舉那些器材到底有什麼樂趣，不過我就算想做也不知道要怎麼做。如果是把啞鈴丟遠，或是把板子放低躺在上面睡覺的話，我應該做得到，可惜好像沒有這種運動。

就這樣雖然我的目光常常在 GX ROOM 和重訓區間流連，不過到最後還是一樣只在跑步機上看著前方跑步。有一天我剛跑完時，一位教練過來對我說：「如果你對運動有興趣的話，要不要來試上一下OT呢？」雖然說是OT，不過對當時還只是大學二年級的我來說，也只接受過很初級的OT而已，不過最後我還是在好奇心的驅使下接受了他的提議。

就結論而言，OT最終仍失敗了。因為我在每次動作結束後，都會問「這是什麼運動？」即便聽到了教練的回覆，沒多久就忘了，但還是想知道現在在做的動作有什麼功效。當時，教練是這麼回答我的：「這是讓胸部變大的運動。」「這是讓小腿變瘦的運動。」每次聽了這些回答，我的表情就越來越僵。因為我是為了增強體力，讓身體感覺不那麼容易累才來健身房的，可不是為了要變成大胸部筷子腿的身材才來的。教練看到表情丕變的我，便用沒有惡意的純真口吻，小心翼翼地開口問說：「你……不是想要胸部變大嗎？」之後十年，我就再也沒踏入健身房過了。

現在年過三十的我，再度進入健身房，則是抱持著「不能再這樣活下去了」的想法。每天光是在辦公室裡坐著，都能感受到腰背因僵直而引發的疼痛感。去看中醫，才發現我的脊椎已經優雅地捲成一個C字，醫生一直碎念說我到底是怎麼把身體弄成這樣的，然後就像有著超靈驗仙丹的菩薩般，神情莊嚴地勸我去做要價高達幾百萬韓幣的脊椎矯正。

聽了金額後，我腳步沉重地回家，途中突然有個想法一閃而過，「如果要花這筆大錢，還不如找私人健身教練看看……」那時的念頭真的是只要健身教練不對我說：「我們會幫你打造像金．卡戴珊一樣的翹臀」，不管是誰我都會說OK。這次，我是下定了決心要運動，因此每個周末都在家裡和公司附近的健身房進行健身房巡禮，想要找一個之後能常常去的地方。

往返於大大小小的健身房期間，我突然想起了之前和朋友一起使用「健身房體驗券」的情況。和朋友使用體驗券去健身房時，就像是要去面試一般惶恐，然而因為現在下定決心要運動了，反而自己變成像是面試官的感覺。我的選擇標準其實很簡單，就是能讓我的身體和心靈都覺得很舒適，而且距離不會太遠的地方。

最後，當我進到位於「離家裡方圓一百公尺內」一個小小公寓內的健身房時，直覺就是這裡。這就是我以後要流汗運動的地方。不過一百多坪的小小空

間，器材全部加起來大概才十多個，可能因為這裡只進行一對一的ＰＴ，所以整體的環境感覺並不吵雜。廣播設備播放的不是本月主打歌也不是 HIP HOP，而是韓國樂團ＵＰ的《Ppuyo ppuyo》。

更加分的是，當時的館長從櫃檯裡走出來，他就像是我在電視購物台上看到的西恩・李一樣，頭上閃閃發光，手臂有我的大腿那麼粗，那時我覺得心臟都快跳出來了。當然，後來我和館長面對面坐著諮詢時，兩個人的對話問答還是很流暢的。

「你來運動的目的是什麼呢？」「因為我的體力太差，想鍛鍊基礎體力和肌力。」通常話說到這裡就是分水嶺了。之前去的健身房，只要聽到我這樣說，多少會以有些訝異的表情先將我全身上下掃視一遍，接著問我說：「你是女生居然也想做肌力運動？」或是「嗄，你其實是想減肥吧？」再重複問幾次，話題就會結束了。但是館長看了我一下，又看了我的 INBODY 檢測表，然後慢慢地點頭說：「沒錯，好像得要真正地運動一下了。」

於是，我和健身房的緣分，就這樣開始了。

做平板撐也可以做到膝蓋瘀青?!

雖然現在我自己和身邊的人都一致公認我是「健身狂」，但是老實說，一開始的時候，我想做的運動並不是健身。在二〇一六年冬天，就是報名健身房的前六個月，我懷抱著雀躍的心站在攀岩場入口，在電視上偶然看到了攀登選手金慈仁比賽的畫面，就深深為此著迷。尤其是金選手緊緊地抓住高高的岩壁時，那強而有力的手臂、寬闊的肩膀和充滿力與美的腹肌真的非常帥氣。我喜歡到甚至有一段時間將金選手的照片設為手機背景照片。

有一天，我嘴上咬著湯匙，沒頭沒尾地說：「我覺得我還是應該去學攀岩。」媽媽在旁邊用一副「好啊！我就看你能堅持多久」的表情點著頭。因為我是那種決定要做什麼就會立刻去做的行動派，因此立刻就跑去家裡附近的攀岩教室報名了。

跟我一起上初級班的有十幾個人。心情實在太興奮的我，甚至還事先買了

一雙小巧的岩鞋，喜孜孜地去上第一堂課。攀岩老師是一位個子很小，全身有著像核桃般硬梆梆肌肉的人。「攀岩是一個相當需要基本體力的運動。大家來這裡上課之前，曾經有過運動經驗的人請舉手。」

「……」「沒想到還不少呢！沒有運動經驗的同學也不用太擔心，我們會對大家進行體能訓練。」老師邊說邊分給我們每個人一張紙，上面是要填寫一些簡單的基本資料，以及像是身高、體力情況以及運動經驗等。我乖乖地寫上姓名、地址後，看到上面的體力衡量表不自覺地就停下了筆。評量表並不是叫我們自己填寫，而是只要在「上中下」中勾選一個即可。但我之所以停筆，不是因為不知道應該勾選哪個選項。

我猶豫的原因，是在「下」的後面，並沒有「最差」和「無」的選項。我偷偷瞄了一下身邊人的紙，他的運動經驗是PT一年，體力情況勾選了「中」，突然之間，我覺得他的後腦勺好像發出了一道光一般。最後，我小心翼翼地遮著紙不讓別人看到，勾選了「下」的選項。

看到金慈仁選手攀岩的畫面而去報名攀岩課程，就像是看到蕭邦鋼琴大賽冠軍的比賽畫面後，就跑去報名鋼琴班一樣。沒錯，雖然這樣開始也沒什麼不對，不過，現實與幻想的差距非常大，這一點是無庸置疑的。在一小時的課程中，中間差不多有二十分鐘是進行體能訓練。體能訓練的時間大部分都是兩手抓住兩個攀岩塊，吊掛支撐的練習，或是作平板撐這類的基礎核心運動。

不要說做練習，我連「平板撐」這個名字都是第一次聽到。我偷偷地觀察身邊的人做的樣子，然後依樣畫葫蘆地將手肘撐在墊子上，就像在做「伏地挺身」一樣，全身卻硬梆梆地向旁邊歪斜。然後，我的身體不受控制地突然抖了一下，膝蓋碰地一聲就直接著地。平板撐的練習是兩人一組，相互紀錄並矯正夥伴的姿勢，而和我一組的夥伴，就是那個有著一年ＰＴ經驗的人。

「啊……抱歉！」道歉的話脫口而出。就算他笑著說沒關係，但是那丟臉的感覺仍然存在。事實上比起對他感到抱歉，我覺得內心更多的是遺憾，因此才會脫口而出這句話。這不是誰的錯，也無法對任何人發脾氣，而只能自己一人憋著，對「為什麼我的體力會這麼差」的這件事感到遺憾。

丟臉的心情不知不覺轉變成一種好勝心。之後哪怕膝蓋都快要碰到地板了，我也都會再硬撐個一分鐘。有些人即使超過了一分鐘，依然能維持著輕鬆的姿態，我的夥伴看來也是駕輕就熟，雖然沒有超過一分鐘，但是他在規定的

時間內輕鬆地完成了平板撐。我在想，或許他沒做超過一分鐘，是對我的小小體貼也說不定。當我撫著泛紅的膝蓋坐在角落時，真的只能以羨慕的目光看著我的夥伴。

過度勉強自己的結果，在兩天之後出現現世報了。在家裡換睡衣時，我發現兩隻腳從膝蓋到小腿幾乎都有青紫色的瘀青痕跡。剛開始時，實在搞不清楚到底是在哪裡受傷的，一覺過後，突然想到我在攀岩教室做平板撐，因撐不住而趴下那瞬間的疼痛感。因為放鬆的那一剎那，都是兩個膝蓋先著地，大概這衝擊力大到連厚實的墊子也無法承受吧！

之後，每當我要告訴大家之前我的體力有多差時，就會把在攀岩教室的事蹟拿出來說。不過，現在就算告訴大家：「我當時做平板撐做到膝蓋瘀青了。」大部分的人也都會覺得不可置信，可見我當時的體力真的跟小螞蟻一樣弱小吧！

我雖然後來上到了中級班，不過其實光想也知道，體力是不可能在三個月內就突飛猛進的。岩壁上那多采多姿的攀岩塊，對我來說就像是水中月般，而中級班之後就沒有課程了，接下來就是購買使用券，各自利用攀岩塊來自主訓練了。其實攀岩對初學者來說，剛開始要一個人練習有相當的難度，加上因為我一直以來都有手腳冰冷和腳麻的症狀，只要穿上岩鞋差不多五秒左右，腿就開始抽筋，因此在三個月的使用券期限過後，我就再也沒去攀岩場了。

在放棄攀岩的幾個月後，我就去了健身房。不是因為攀岩的經驗毫無意義，其實攀岩是一項非常有魅力的運動。如果當初我沒有放棄攀岩，繼續學習的話，說不定現在會變成每個周末都要去山上的「攀岩狂」呢！不過，或許人生就是這樣吧！不管你想要做什麼事情，前方總是會充滿著絆腳石和考驗。

上攀岩課時，留在心中的那個「遺憾」反而變成了一顆種子，讓我下定決心要好好運動，之後剛好有機會選擇了重訓，而現在重訓已經成為我生活的一部分。老實說，我不知道當初放棄攀岩而來到健身房的決定是不是「對的」，反正運動不分好壞。只有對自己來說，適合與不適合而已。

如果，我在放棄攀岩之後，就想著「果然運動就是不適合我」，或是「已經下定決心要運動了，結果還堅持不了三個月，我果然就是意志力薄弱！」而責備自己，不再努力地去尋找適合自己的運動的話，會變成什麼樣子呢？不知道會不會到現在都還沒開始任何運動，然後每天一副要死不活的樣子呢？

有適合女生的運動嗎？

記得五歲的時候，媽媽幫我穿上華麗的洋裝，綁著漂亮的頭髮，到爸爸的公司參加每年年底舉辦的員工子女歌唱大賽。本來我就討厭在公開場合做一些不願意的事情，所以那時的心情相當不好，不過卻突然被擺放在現場的獎品吸引住了，那是我最喜歡的日本機器人漫畫電影的玩具。我本來非常不想參與，瞬間像打了雞血一樣，衝上舞台唱了一首驚天動地的童謠。

之後，我完全沒有考慮自己是否會得獎，唱完歌就蹦蹦跳跳地直接走到放獎品的地方去。不過，主持人沒有拿給我最想要的藍色機器人，反而是給了我粉紅色的芭比娃娃換衣套組，接下來（據說）我就當著在場所有人的面前嚎啕大哭。最後他們只好將那個機器人送給我，而我從此之後再也沒參與過歌唱大賽了。

我不是討厭芭比娃娃，而是家裡已經有很多娃娃了。我的玩具籃裡，機器人並沒有娃娃那麼多。當時的我，只是不懂為何他們一定要給我娃娃，而對這點覺得納悶。

難道是因為香蕉樹不管長得多大，都還是香蕉樹的關係嗎？哪怕這件事情到現在已經過了三十年，然而現在我的個性和當時並沒有很大的差異。

高中時，我是全校唯一穿著長褲上課的人，因此常被投以異樣的眼光。在炸雞啤酒店打工時，一個人扛著二十公斤的啤酒桶，還被人質疑說：「你是男人嗎？」其實，我這些作為並不是故意想要像個男孩子那樣。

穿制服的褲子上學，只是因為我家到學校的距離，騎腳踏車剛剛好；要找別人來扛啤酒桶太麻煩，因為自己可以搬得來，那寧可自己做還更快。

人為了維持健康與肌力，因此需要一定的肌肉量，然而，可訓練肌肉的「重訓」算是比較適合男生的運動吧？當我以健康為目的來運動時，首先會遇到的問題就是，為何只要「女生」與「重訓」兩個字結合時，大家都會把對身體健康最重要的「肌肉」一詞拿掉，而把重點改放在「體脂肪」上？

為了預防慢性病或是保護膝關節，減少過多的體脂肪是必要的。然而，為了維持身體健康，還是需要適量的體脂肪。體脂肪擔任維持體溫與補充必要能

量的角色，尤其女性因為受到女性荷爾蒙的影響，體脂肪的比例大多比男生高，因此如果體脂肪過低的話，甚至可能會引發月經不順、不孕等荷爾蒙失調現象。

如果你之前曾經將運動當作興趣，結果後來有力不從心而受傷的經驗，或是曾經想過為了運動想提升基礎體力的話，那麼，你需要的就是增加肌肉量。就像是運動選手為了防止特定部位的受傷，因此需要提升基礎體力，也會為了維持身體的均衡而進行重量訓練。

肌肉能緊緊包覆住我們身體的骨骼與關節，應付日常生活中需要使力的情況，並且預防受傷。若是肌肉太少的話，身體內的骨骼和關節就無法好好地被固定在正確的位置。

像是上班族常見的肩頸痠痛與腰痛的問題，都是因為該部位的肌肉太少的緣故。重訓是透過物理訓練來控制肌肉，盡可能減少受傷的情形發生，並以肌肉養成為出發點，幫助初學者能安全地打造均勻的肌肉。

大家一開始進入健身房，練「蹲下再站起來」的「深蹲」動作，以及演繹「上樓梯」動作的「弓箭步」（Lunge）時，都會覺得膝蓋疼痛。我以前也是一樣。剛開始上PT時，只不過是在背上背著五公斤的沙袋做弓箭步，隔天左邊的膝蓋就非常痠痛，甚至還痛到連在跑步機上面走也受不了，連有氧運動的動作也無法好好做。

在公司附近看完復健科之後，我一直在想：「是我做錯運動了嗎？」「明明是為了健康才去運動的，該不會反而讓健康更糟吧？」後來才知道，根本不是我做錯運動，或是因為運動搞壞了身體，而是因為我的膝蓋周圍沒有肌肉，所以運動時關節承受了全部的力量，因此導致疼痛。之後我同時進行能強化大腿內側肌肉的運動，膝蓋痛的症狀很神奇地就消失了。後來就算是我舉著五十公斤的槓鈴做深蹲，膝蓋也不會痛。

仔細想想，我平常揹著上下班的筆電包約莫超過五公斤。揹著這個包包上下捷運樓梯，不就像是揹著五公斤的沙包做了數十次的弓箭步一樣嗎？在健身房按著指示做弓箭步都有可能出現膝蓋痛了，何況是我們在日常生活中，揹著包包在捷運階梯中上上下下呢？膝蓋痛當然是很正常的！尤其萬一很不幸的，當天通勤路線是像首爾地鐵6號線的波提嶺站，或是2號線的梨大站這種樓梯超多的車站的話，隔天膝蓋痛得哀哀叫完全是可預期的事情。

為了健康著想，能增加肌肉量的重訓運動是一定要做的。現在因為重訓被貼上一個男性專屬運動的標籤，還有社會上對美麗的身體的定義是沒有肌肉的纖細身體的緣故，因此大部分的人都不覺得重訓很重要。但是，身體沒有肌肉會很容易受傷。若不重視鍛鍊肌肉這點，大家運動就不是為了健康，而是為了要更容易受傷，這樣還真的是本末倒置。

現在健身房的重訓區大部分都是男生，所以對女生而言或多或少會覺得有些不自在，但是繳著相同的費用卻只能窩在一角的跑步機上，就像是你去了咖啡廳，點了咖啡後，有贈送免費的瑪芬卻害羞不拿，難道你真的要因為他人的目光就強忍著不吃嗎？

運動沒有分男生或女生的運動。為了健康，應該要有更多「做重訓的女生」和「做瑜珈的男生」。人生短暫，為了自己的健康，他人的目光又有什麼重要的呢？更何況，其實很多年前，就已經有一個小女生，為了在尾牙上拿到機器人，把整場的氣氛都搞砸了呢？

你，又有何懼呢？

CHAPTER 2

一邊顫抖，一邊跳著啞鈴之舞

☆動作很簡單，但是實際做起來又是另外一件事，
我的身體像在跳舞一般抖個不停。

教練對我說：「你是為了要折磨我才故意這樣的吧？」
人如果被罵說做得不好的話，就會更不想做。
大部分的初學者在這個階段就會放棄了。
但是很奇怪的，我聽到教練那樣說，
並沒有生氣。
因為我能坦然地接受自己的不足，
而且是真的想要好好運動。

即便被教練嗆，也不願放棄重訓

匡噹！

「隊長，發生大事了！」

「什麼事？」

「空氣突然急速流動，該不會這個人……現在正在運動吧？」

「冷靜！我認識這個人已經有三十多年了。就算川普會變成英國女王，也絕對不可能會發生那種需要擔心的事。她大概是又傻呼呼地從哪個樓梯滾下去了吧！」

如果那一天，我身體細胞會說話的話，不知道會不會有上述的對話呢？在我期待已久的私教課第一天，當時我雙腳打開與肩同寬，只是將身體往前彎而已，就搞得我滿身大汗了。

雖然這已經是三年前的事情了，不過直到今天，我依然清楚地記著當時第一堂到第三堂課學的動作。怎麼說呢？因為我這三堂課都是學同一個動作——直腿硬舉（stiff-leg deadlift）。雖然名字聽起來很厲害，但是其實直譯的話就是「把雙腿伸直再舉起槓鈴」。這是個站好之後，只彎曲上半身來鍛鍊大腿後側肌肉的運動。

動作本身很簡單，但是實際做起來又是另外一件事。一般都是由教練先做示範，之後學員跟著做。我們也是一樣，教練以相當平穩的姿勢彎下上半身再拉起，重複示範了幾次之後，我依然無法跟著做。因為我實在做不來，因此當天教練的運動量其實比我還要多。教練又示範一陣子，在最後一次直上身時，臉正對著我說：「我都示範成這樣了，如果你還不會的話，就是小狗了。」

我立刻打起精神跟著做，首先雙腳打開，腳掌貼地，這時候要彎下腰，為了防止跌倒，腳掌不可以挪動，要像樹木的根深入地底一般，將身體的重量平均放在雙腳中間。膝蓋不能彎曲，要想像成木棍一般挺直的狀態，盡可能彎下上半身。最後再讓上半身慢慢地回復到原本的位置。

不管怎麼做都不對，到最後沒辦法了，我只好想像「像天一樣偉大」的部長就在我眼前，於是往前慢慢地做九十度的鞠躬。內心說「部長」時，頭慢慢

往下；說「好」，腰和背慢慢向上。我在一個循環（一個循環＝八組，一組＝相同動作做十五次）中，想像對部長做了一百二十次的鞠躬。雖然用想的很容易，但是我的身體其實像在跳舞一般抖個不停。因為這個動作的重點是腰和背一定要維持打直的狀態才行。

本來應該一團和氣的課程，結果在第一個小時就夢碎了，我回到家後，將教練的話默記，並寫在日記中。每個動作，我都恨不得細分成奈米粒子再仔細背下。但是等到實際要做時，就像是不熟練的玩偶師所操作的僵硬木偶一般，手腳完全不協調。在三個小時內都是不斷重複下列對話：

「你為什麼腰一打直，腿就彎了？」

（啊！沒錯，腰也要伸直）

「腰怎麼彎了！腰！」

（這次一定要把腿好好伸直）

戴著塑膠框眼鏡，給人感覺相當樸實隨和的教練，雖然和我想像中的健身教練的形象有所不同，不過教練一直到第三組時都還對一邊哼哼唧唧的我相當客氣，但是從他提高的語氣中，隱約透露出他的隱忍。

「那個……你是故意的吧？」

「嗯？」

正用盡全身的力氣舉著槓鈴的我，就像是被按下倒退鍵按鈕的筆電一般，用一副關機的表情看著教練。

「你是為了要折磨我才故意這樣的吧？」

人本來就是這樣，如果被罵說做得不好的話，就會更不想做。但奇怪的是，我聽到教練那樣說，並沒有生氣。對於從一個才見過三次面的人口中聽到這樣的話，還有當面就指出我不行的話，實在是太難得，反而覺得很新鮮。就像是灑狗血的連續劇中，配角對狠狠打她巴掌的女主角說：「你是第一個敢打

我的人！」的畫面一般，相當新奇有趣，這情景彷彿在我骨瘦如柴的胸口上點起了一把火。我差一點想要像男主角一樣用悲壯的表情說：

「沒錯，我終於知道這就是我不會的事情了！（太好了）」

大部分的初學者在這個階段就會放棄了，但是因為我能坦然地接受自己的不足，而且是真的想要好好的運動，才能有毅力地堅持下去。隨著年齡增長，人們總是越來越難承認自己什麼事情做不好。小時候被國文老師罵或是被爸媽罵是很正常的，但是年紀越大，現在就算是因為喝酒而稍微遲到，或是周末比較晚起才去公司加班，部長也不太會罵我。哪怕要把年假累積起來一次請完，也不太會被罵到臭頭。

就算現在我說不生氣，也不是因為我變成了比十歲或是二十多歲時更完美更成熟的人。只是因為小時候在學習新的事物時，周圍有很多疼愛我的人，雖然他們也很常罵我，但是在被責罵的同時，我能了解自己的不足，也能獲得學習許多新東西的機會。

不論是到了六十歲或是八十歲，大家對於不熟悉的事物，做得不好是理所當然的。這三十多年來，我和運動可以說是八竿子都打不著的關係，現在過了三十多歲才想要學這個新的東西，被罵是當然的啊。何況不管從那裡看，我跟運動白癡根本沒兩樣，不論是經驗、運動神經、體力等，應該都是最下下層的一％吧，因此用一些比較難聽的字眼來罵我，可能還能刺激我所剩不多的意志力，對我應該會有些幫助。就算是罵我，也沒什麼好毀損名譽的，因為我也沒有什麼名聲可以被毀，所以被罵對我來說根本稱不上打擊。

剛開始我預約了十次的PT。每次PT的費用約是四到五萬韓幣，老實說是一筆不小的負擔，所以我本來是打算先稍微學一下，之後就可以自己練習，但是後來去了三次才只學會一個動作，結束了十次的PT後，很不幸地，我和剛剛一腳踏進健身房時並沒有什麼太大的差異。雖然我本來也沒有期望能在十次PT結束後，運動神經立刻突然大躍進，來個變身綠巨人浩克的奇蹟，但是像這樣遲遲沒有一點點進展的情況，實在讓我裹足不前。

現在再回想起當初我第一次上十次PT課的情況，感覺就像是讓教練看了一部預告片，裡面詳細介紹我當時的狀況有多糟糕，還有我的個性有多麼奇怪。因為不管怎麼罵，我都是一副笑嘻嘻的樣子，這叫罵人的教練情何以堪

呢？

不過，我的優點的確是可以大方地承認自己不行的部分，而且真的很喜歡被罵。因為只要被罵一次，我的運動日誌上就會多一個新的資訊。

所以，我在結束十次ＰＴ之後，靜靜地走向櫃台，把我的信用卡遞給館長。

「未來還請多多指教了！啊！還有，我分期付款要選分三期的。」

是要吃雞胸肉，誰叫你吃炸雞的？

「上周吃的東西，都有記錄下來了嗎？」

「有的。」

「有一天攝取一次以上的雞胸肉嗎？」

「嗯……有。」

「好，我們來看一下……嗯？三月某日星期六，晚餐是炸……雞？」

（點頭）

「這天為何沒吃雞胸肉？」

「炸……炸雞不也是雞肉嗎？」

每周一是報告上周飲食紀錄的日子，然後也是我被罵的日子。只要檢視飲食紀錄，我一定會被教練碎念，而且沒有一次不被責難。雖然我已經開始對運

動產生興趣，也因此戒酒了，不過這「骯髒的（dirty）健身飲食菜單」實在是無法放棄啊！這裡所說的「骯髒的健身飲食菜單」就是有辣炒年糕、拉麵、餅乾等世界上所有好吃的東西。

解饞是人生的一大樂趣，怎麼能輕易放手呢？其實本來我對「吃」並不執著，但是很奇怪地開始運動後，我嘴饞的指數以倍數上升。

可能是因為運動會讓人更容易餓的關係吧！吃飽飯後，有時也會想起學生時代的事情。因為不能喝酒，所以晚上只好做做以前當作興趣學會的各種下酒菜來配著水一起吃，因為酒的熱量有好幾百卡，喝水的話熱量比較少，看起來應該比較好吧！我是這樣來安慰自己。

還有，為了不被罵得太嚴重，因此紀錄菜單時會採用韓國食藥廳的規範，像是上面滿是美乃滋的烤明太子就只寫「魚類」，焗烤起司通心麵就寫「乳製品」，用模糊的字眼帶過，結果還是東窗事發了。周末我吃了一包餅乾，因為不想明說，就只寫著「一包餅乾」，沒想到教練一直追問我是什麼餅乾。

「什麼餅乾呢？」

「就……家裡有的，我也不太記得了。」

明明就昨天才吃的，不記得才有鬼。那是媽媽在大賣場 EMART 買的超大家庭號餅乾，我睡前躺在床上一邊看著很久沒看的網漫，不知不覺就把一整包都嗑完了。它們現在正在我身體的某個部位，積極地想成為一團肥肉，沒錯，是肥肉不是肌肉。

「如果有照片的話，給我看一下。」

我緊咬著牙關一邊檢視手機相簿，心想如果有一張小小包的餅乾照片就好了，偏偏手機相簿裡都只有最近買的超大家庭號餅乾的照片，而且還不是正常家庭號的餅乾照片，是我一副非常珍愛地將餅乾抱在懷裡的自拍照。我真想給之前目光如豆的我一拳，教練的眉毛像憤怒鳥一樣慢慢上抬。

「這是什麼？」

「國民餅乾巧克力泡芙……」

「你以為我是不知道才問你的嗎？你是一次吃完這一整包嗎？家裡有多少包？」

「一……箱……」

因為我媽媽是個「大手大腳」的人，所以只要去超市買東西一定要一次扛一大箱回來，而我又是個能吃很多東西的「大胃王」，我們兩人的完美組合讓教練受到了衝擊，好一陣子說不出話。

就算是因為吃東西被罵，也不能阻擋我想大快朵頤的決心。因為想著一周能有一天的欺騙餐（cheating day）的扣打，所以中午還去了豬排店。老實說，其實我的欺騙餐根本不只一天，而是一周裡面有五天都是欺騙餐啊！

在挑選餐廳時，比起要符合重訓時的營養菜單，重點反而是放在是否能「吃到飽」。雖然在午餐欄寫下豬排，可能會稍微被念一下，但是比起實際享受美食的愉悅感，被罵的羞愧感根本不算什麼，反正不管是吃五塊豬排還是一塊豬排，上面都只會寫著豬排。而且去吃到飽的店，只吃一人份的話也太虧了吧！雖然大家可能會覺得說，竟然都花大錢找ＰＴ了，何況還要紀錄吃了什麼東西，到底為什麼還要這樣鑽漏洞？但是我滿腦子只想到要怎麼做，才能低空飛過又能吃豬排吃到撐為止，光想到這點就令人興奮啊！

油膩膩的豬排醬淋在切得厚厚的日式豬排上，放進嘴巴的瞬間就能感受到整個香氣炸開，那甜美的罪惡感真的讓人無法抗拒。那天我們共吃了十一塊豬排，而其中大概有大半都是我吃的。

漸漸地，我幾乎就要變成「垃圾食物」的代名詞。有一天，教練好像再也看不下去了，因此拿出他的手機給我看他指導的另一個女學員的健身飲食菜單。和我這個垃圾食物的代言人相比，她簡直就是健康飲食的代表，因為照片中她所吃的東西，不是白的就是綠的。這世界上竟然真的有人只吃雞胸肉、菠菜、酪梨過活啊！

就算她吃了餅乾，也不是像我那樣隨便寫著一包餅乾，而是連吃了幾塊餅乾都附上照片。如果她吃了一片洋芋片和一個果凍，會分開先拍一張雙手拿著一個果凍的照片，再拍一張一手拿著一片洋芋片的照片。

我好一段時間都傻傻地看著那個女生拍的照片。教練說：「很了不起吧？

在我指導的學員中，也是有人很認真遵守規定的。這個學員是上班族，而且她的體脂肪一直維持在九%左右。」如果我記得沒錯的話，我的體脂肪不只是兩位數，甚至連第一個數字也不是一。

我就像淋了滿身大雨的小狗狗般，垂頭喪氣地回到家，拿起手機開始檢視我的相簿。義大利麵、炸雞、炸物、即食炒年糕、起司蛋糕等，不管怎麼看都是些熱量爆表的垃圾食物，這些照片看起來像就是很會吃的吃播主的照片回顧一樣。可是，我不只喜歡運動，也熱愛美食啊！我真的有可能在短短一天之內拋棄吃的慾望，只嚼那食之無味的雞胸肉嗎？答案當然是「NO」，但是，如果沒有經歷過含淚吞著雞胸肉的日子，這樣能稱得上是「健身狂」嗎？難道是我對運動的熱情還不夠嗎？

不過，如果要能長久地持續運動的話，除了「克服」之外，好像還有「妥協」。當我深深地吸一口氣，並將槓鈴舉到頭上時，雙手緊緊地握著桿子，就像是孔雀振翅開屏一般，先撐起再放下的瞬間，我感到滿滿的幸福。像快死了一般的累，在快要死掉般萎靡的肌肉中間，腎上腺素正在閃閃發光。頭很痛，感覺呼吸就像要停止一般，但是如果能以正確完美的姿勢做完規定的組數的話，把槓鈴放在地上時，連那快累昏的表情也令人感動滿足。這麼令人心神著迷的運動，如果只是因為無法調整飲食而放棄，真的太可惜了。

其實，之前有一段時間，我曾經因為一直拉肚子，所以減少了乳製品和澱粉類的攝取，當時的體脂肪曾經一度掉到十四至十五％，不過幾個月後再重新測體脂肪時，第一位數字又再次回到了二！不過，我倒是沒受到什麼衝擊，因為用肉眼就能看出來我的身體變壯了，手上能舉起的槓鈴也更重了，做重訓時動作也都變得更確實了。

不過，為了增加肌力和肌肉，必須要攝取定量的碳水化合物與蛋白質，近來我正為了增加這部分的飲食而努力。現在每當運動完，我一定會吃一大匙的蛋白質補充劑，每天攝取一百到兩百克的雞胸肉，而這狀況也已經持續一年多了。不知道是不是因為一直這樣做，所以我現在不僅長出肌肉，每天都還能排出健康的黃金便便。更令我高興的是，只要適度調整飲食內容，就能同時維持我愉悅的垃圾食物生活了。

打造最適合自己的運動方式是相當重要的。對我來說，最重要的就是肌肉養成與健康。雖然能夠克制食慾，確實地遵守飲食規範是非常值得效法的事

情，不過每個人生命中能讓自己感到幸福的事情不同，隨著個人情況來調整「健康飲食守則」不也是一種方法嗎？我認為這樣遠比連運動也不做，選擇直接放棄要來得好。

因此，當我悲壯地向教練表示，我會遵守絕大部分和運動相關的建議，不過在飲食方面，還是想照自己的意思來做，這是為了讓我的幸福人生與能持續運動的健康人生並行的關鍵。

「教練，只有這點我不能退讓。巧克力泡芙和炸雞是我的幸福源泉。不過，我會多做三十分鐘有氧運動來補償。」

「正常的」肌肉痠痛是做對運動的證明

「小姐，你的膝蓋還好嗎？看你褲子都磨破了……哎呀，手也流很多血！」坐在公車前座的老爺爺用一種很擔心的表情看著我說。他剛剛才從椅子下面撿起我掉落的手機。不過，雖然老爺爺很親切，但是在這剎那，我只希望大家能無視我的存在。

時間回到五分鐘前，今天是我做完要命的下半身運動的第二天，不小心睡過頭的我匆匆忙忙地做好上班的準備，咬著一條巧克力棒就往公車站全力衝刺。我使出吃奶的力氣快跑，跑到感覺心臟都要跳出喉嚨了，終於趕在公車要離站之前追上，並拍打著車門。

不過，我太早鬆一口氣了。當車門慢慢地打開，我以非常謙卑地姿態對結屎面的司機說「謝謝」，而在鞠躬的時候，我的腿突然沒力，腳尖一拐碰到階梯，然後整個人呈現大字形趴在公車地板上。我手上拿著的交通卡（T-money

card）和手機，以及我口中咬著的巧克力棒，就像是爆裂的煙火般向四處噴射而出。

像這樣華麗地跌倒，只有在大學時，因為喝醉下計程車時有發生過一次，之後就再也不曾這樣過了。之後，我超級羞愧地站起來，拖著僵硬無力的大腿，好不容易找到一個空位坐下。

我相信有不少人會認為有運動的話，應該能時時刻刻維持輕盈的身體和最佳體態，我在運動之前也是那樣想的。不過，我覺得這句話是對錯各半。若是持續不斷地運動的話，肌肉痠痛的日子會比不痛的日子來得多。這是因為運動會撕裂肌肉，需要給肌肉復原的時間，並透過這樣的過程來讓肌肉變大。不管是身體再壯，力氣再大的人也是一樣，為了讓肌肉變更大且更結實，必須得忍受這點疼痛。所以，對運動的人來說，肌肉痠痛是日常生活的一部分。

「你明明很認真運動，為何每天都還哀哀叫？」有一天，在公司電梯前遇到的前輩問了這樣的問題。當時是我剛做完上半身運動的隔天，手實在是太痠了，因此我用手肘去按電梯按鈕後，收起原本呈現數學不等號樣子的手臂，夾緊腋下回答：「就是說啊，哈哈……」

的確，現在不論是肌肉痛的頻率或是強度都比運動之前嚴重，因此我常在客廳躺在瑜珈柱上滾來滾去放鬆筋膜外，也會拿瑜珈柱來當作枕頭和按摩道具等，用途非常多元。

並不是因為我是初學者，所以肌肉痛的情形就比較嚴重，那怕是運動超過一年或是兩年，肌肉痛只會更嚴重，並不會消失。當然，隨著每個人體質不同，多少也會有個人差異，不過我觀察了身邊的人，發現我並不是特別嚴重的類型。有些人在增加運動強度的隔天，甚至會出現皮膚泛紅或是微血管爆裂的情形。

就算身體幾乎沒有肌肉也會有疼痛感。之前上班的時候，因為總是縮著肩膀和脖子，所以每天都在翹首盼望一個月中那一兩天按摩日的到來，因此肌肉痛是繼生理痛之後，最令我討厭的了。肌肉痛的時候，光是坐在椅子上都感覺體力漸漸地被耗光。因為身體沉重，頭腦當然也不清楚。

本來是因為覺得長了肌肉，就能夠健康有活力地度過每一天才去運動的，結果卻搞得好像每天都是「為了要疼痛」才去運動的一般，相信很多人會覺得匪夷所思。但是，運動後的肌肉痛和一般的肌肉痛有很大的不同，因為我非常

清楚是哪裡痛，為什麼會痛，這是我自己能夠掌控的。還有，現在不管再怎麼劇烈地運動，隔天的肌肉痛也不會像以前的肌肉痛一樣令我痛不欲生。

雖然說偶爾在劇烈的下半身運動後的隔天，跑跳得比較厲害時，會有站不穩的情況，不過一般工作的時候，我都能感受到昨天有運動到的肌肉，在襯衫下有隱隱作痛與沉重的感覺，然後內心暗自歡喜。至少不像是之前，感覺肌肉會痛到彷彿要將我吞蝕掉一般。

肌肉痠痛，對我來說反而是個相當珍貴的存在。對於無法好好地運用肌肉的初學者來說，肌肉痠痛可能是「今天是否有好好運動」的唯一線索。在之前好一段時間我都是自主訓練，沒有人能幫我看動作是否正確，所以內心一直忐忑不安，都要等到隔天感受到肌肉痠痛時才能安心。肌肉痠痛，就是告訴我有做對運動的成績單。

當身體習慣了一定的疼痛後，如果有一些異常的疼痛也特別容易察覺。比如說，一般做完手臂運動的隔天，假使和平常不一樣，是感覺到腰或是肩膀疼痛，或是疼痛的感覺與平常不同，沒有乳酸堆積的沉重感，而是一陣一陣地刺痛的話，那就是前一天動作做得不正確的訊號。這時候就得要找出原因來矯正姿勢，或是改換其他運動。

對於持續不斷運動的人來說，肌肉痠痛就像是宿命一般。說不定某天，每天都會痠疼的肌肉突然不痛了，我們就會像是失去了每天都會見面的朋友一般地捨不得呢！

爲了節省洗頭時間，毅然決然剪去及腰長髮

就如同大家看到的標題一般，時隔兩年，我終於又踏進了美髮沙龍。我一進去坐在椅子上就說：「我要剪頭髮。」本來綁了一個包子頭，放下來之後長度竟然已經及腰了。美髮師一邊為我圍上白色圍兜，一邊詢問道：「只要稍微修一下就好嗎？」「不是！」「那是要剪到……」我用手指著脖子邊來回答，美髮師看到我指的位置時，出現一副受到驚嚇的表情。

想剪短沒什麼特別的理由。在某個休假的早晨，我就像是 H.O.T 的歌曲《CANDY》中歌詞所描述的，突然下了這個決定。

「雖然對你說，我是很困難地下了決定，但其實不過是今天一早突如其來的想法而已。」

那是個做了劇烈的肩膀與手臂運動的日子。當要抬起手臂來洗頭，卻因為肌肉痠痛，手臂無法抬超過肩膀。不知怎地，那天我覺得頭髮像是動漫中的動物鬃毛一樣，尤其淋濕了之後，感覺就像背著麻袋一般沉重。好不容易才將洗髮精搓出泡沫，然後以移動頭的方式來洗頭。洗完頭後真的超暈的，突然之間驚覺，我到底是在幹嘛？

我平常去運動的順序是這樣的。下班回到家，把裝著筆電的公事包一丟，然後吃一碗飯來填飽肚子，為了怕噎到，我還像是在播放慢速動作片一樣一口一口地細嚼慢嚥。也像七歲小孩一樣，吃一口飯換穿襪子，再吃一口飯換穿運動服，又再吃一口飯，將營養補充劑的粉末倒入水瓶中，緩慢地進行運動前的準備。

最後，為了能在運動時充滿力氣，我還會吃一塊巧克力，然後就跑到離家一百公尺處的健身房。因為下班後要趕著去，所以我幾乎都無法準時到。在去健身房時，為了順便暖身，跑步時會刻意把膝蓋抬高，所以如果跆拳道補習班的學生下課從教室出來的話，大概常會看到一隻猩猩從旁呼嘯而過。

結束一個小時的ＰＴ後，接著做腹肌、有氧運動和運動後的伸展，運動結

束便去淋浴、洗頭，把全身洗乾淨之後再回家。包含吃飯時間，從準備去運動到運動結束差不多是兩三個小時。如果是一周兩三次的話，可能還好，但是因為我現在是只要有空就去運動，因此如何縮短整個運動的時間就變成相當重要的事情了。

因為很難縮短運動本身的時間，所以只能縮減準備和收尾的時間，而其中佔據最長時間的就是洗頭了。

從出社會後，一直都毫無懸念地留著長髮。就算可以像賈伯斯一樣以十件一樣的襯衫和十件一樣的褲子來打發所有的穿搭，但我的內心還是覺得，至少要留個長髮才像個女生吧！雖然說並沒有特別花心思去打理它，不過我認為，只要留著長髮，就會讓人覺得自己還是在意形象的，因此留長髮讓我覺得很有安全感。所以，如果在幾年前，叫我把頭髮剪短的話，那是完全不可能的事情。雖然就便利性來說，長髮根本就無法和短髮相比。

剪了短髮後，不僅是洗頭髮很快，長髮時因為頭髮容易打結，因此總是習慣性地要梳開頭髮和花時間去護髮，但是現在再也不會因為家裡地板上都是我長長的頭髮而被媽媽白眼，更不需要定期地投資好幾萬韓幣在護髮上，剪了短髮之後，這些問題全部一掃而空。

對我來說，短髮最大的好處是洗頭時省去了大半時間。如果要比喻的話，大概就像是幫一隻河馬洗澡和幫一隻小狗洗澡的差異。

才不過幾刀而已，我及腰的長髮就變成到耳下左右的短髮，長度剛好可以綁成小丸子。剪頭髮後，去到健身房，教練瞪大眼睛說：「剪頭髮了？」「因為運動完要洗頭很麻煩啊！」聽了我的回答後，教練看著我的臉，笑著說：「你現在真的慢慢踏上健身狂之路了啊！」

將一頭長髮剪短這件事，就像是平常去家裡附近的便利商店買個零食一般稀鬆平常。因此，現在我生活的重心就真的是運動了。

檢視了很久都沒注意的收支紀錄表，發現有五〇％以上的支出都和運動有關。以前占了支出很大比例的酒、外食和衣服等的比重都顯著下降。雖然我現在不把錢花在購買當季的大衣上，但是只要看到機能性的運動褲或壓力褲，還是會忍不住掏出信用卡血拚。

在那之後，我還剪了幾次頭髮，而今年初，就直接剪成俐落的短髮了。要將長髮稍微剪短或燙捲，和從中長髮直接剪成男生頭（超短髮），是完全不同

的感覺。洗頭時只要按一次洗髮精也足夠，甚至是不用洗髮精而改用肥皂洗頭，也不用擔心頭髮會打結，因此，我甚至換掉了像急救箱大小的盥洗用品籃子，現在我的置物櫃裡，可以輕鬆地放下我的舉重鞋、護腕助力帶、一雙舉重手套以及腰帶等健身配件了。

不過，該說人的慾望是無窮的嗎？最近我開始覺得，在做深蹲時一直會碰到眼睛的瀏海很礙眼。看來不久之後，我頭髮的長度應該還會再次改變吧？現在我的頭髮還剩下多少退路呢？

看書也能學健身?!

偶爾會在電視綜藝節目中看到大家取笑那些沒有戀愛經驗，或是做出奇怪舉動的來賓說：「你是看書學談戀愛的嗎？」好像只要是「看書學的」，總有一種「不切實際」或是「缺少那麼一點點什麼東西」的意思，不過我的想法有點不同。

小時候，我真的很羨慕能帥氣地吹著口哨的表哥。不管表哥再怎麼教我，我都只能發出像氣球洩了氣一般的聲音。失望的我自暴自棄地對媽媽說：「舌頭短的人根本就吹不出口哨。」「何況我的舌頭又不可能變長。」

不過，後來我在一個偶然的機會下讀到一本童話書，現在已經不記得書名和詳細內容了，但是卻對書裡的一個場景印象深刻。那是個描寫一個大叔在小孩子面前帥氣地吹口哨的場景。內容大致如下：

「下巴完全放鬆，視線看向天空，舌尖的兩邊緊緊貼著上排牙齦後方的上顎，舌頭中間捲起，然後從圓圓的空隙間吹出清涼的風……」

因為這段詳細的描寫，我成功地吹出了人生中的第一個口哨。或許我內心中依然對吹口哨這件事留有迷戀吧，因此那時我默默地跟著書中的描述，放鬆下巴，捲起舌頭來吹口哨，很神奇的是之前都只能發出像是氣球洩氣一般聲音的我，竟然吹出了清澈嘹亮的口哨聲。

好的文章不只能傳達簡單的事實，或是只能喚醒強烈的情感，而是更能觸動人們的內心深處來引發無限想像。截至目前為止，我透過了個人PT、書本以及影片來學習運動，改善了我彷彿被詛咒的身軀，而這一路以來，能幫助我一再突破瓶頸的就是一句話（一段文章）。

雖然網路上也有很多很好的運動影片，現在只要在YouTube或是IG上隨便搜尋都會有成千上萬的影片，其中有非常多都是擁有數十萬訂閱的超人氣播客，或是經歷相當炫目的人。不過，相信只要是曾經看影片學運動的人就會知道，專家的影片不管看多少次都一樣，自己搞不清楚的動作並不會因為看了影片後就知道該怎麼做。

我突然想到了我國中時的數學家教，他指著自己解出來的問題說：「為什麼連這麼簡單的問題你都解不出來？」雖然他用心算飛快地算出答案很厲害，但是我的數學成績還是一團糟。反過來說，有時候只要一句話，就能解決多年的苦惱，有著相同經驗或是錯誤經驗的人所歸納出的一句真髓，真的會讓人醍醐灌頂。

「想像腳底板中間就像樹根深深紮在地底一般，就算整個世界都翻轉過來了，腳底板也不會移動。臀部向後，做好承受重量的準備。」

這是我剛開始運動時，因為一直抓不住深蹲的感覺，教練對我說的話。聽了教練的話之後，我雙手在胸前緊緊交握，在腦中不斷對自己說：「樹根……腳底板……」，結果做下一組動作時，本來一直會不自覺往上抬的腳底板竟然就牢牢貼在地板了。

在做躺著將槓鈴往上推的「仰臥推舉」時，也常因為不自覺聳肩的習慣所

苦。不管看了多少選手或是高階運動者示範的影片，對改善我的動作一點幫助也沒有。有一天，教練看到我在做這個動作，他整個臉都糾結在一起，語氣急切地對我說：

「想像你全身都沒有肌肉。現在你的手臂、肩膀還有身體都沒有肌肉，只剩下胸前的肌肉而已。」

這句話真的讓我受用無窮，不只是在做仰臥推舉時，甚至是在做其他部位的運動時，我也一樣銘記在心。在做手臂運動時，想像著全身其他肌肉都消失不見，只剩下手臂的肌肉，這樣一來，其他部位真的很神奇地就能放鬆不出力，然後只集中在想要運動的部位上。

就這樣，連一直以來不間斷地記錄著的運動日誌，也從敘述動作的短文變成重點條列式句子。記錄我在運動時所感受到的，或是教練說的有意義的話。

「雙手抓著健身繩（又稱三頭肌訓練繩、滑輪訓練繩），雙手相對，要像拽住仇人的領子般猛然地向上，先抓著領子稍微往前拉，然後再猛然抓著領子往上，這樣才能刺激到肩膀後面。」

「不要因為重就覺得害怕。做深蹲時，即使增加了重量，上胸依然要朝向天空，持續保持擴胸姿勢，想像用你的腿和臀部來支撐著地球的樣子。」

「運動是用身體去做的。」

這句話我非常認同。像這樣的話不管聽到幾次，如果不能將聽到的內容轉化成經驗的話，這些話就毫無意義。不過對我來說，因為我對某些動作有經過一段時間的苦惱和努力，在百思不得其解的某個瞬間，偶然聽到某一句話，就像「碰」一聲地為我炸開了一條新的思路。這時候聽到的這句話，我不是用腦袋，而是用心、用身體接收它。

運動人的自嗨

我們的英雄「超人」出現在大螢幕上。只要想像著超人登場的情況，相信大部分的人內心都會自動出現「燈燈燈～燈燈燈燈～」的背景音樂。如果這個場面沒有音樂的話，會有多麼空虛呢？在現實的生活中，雖然我不是英雄，但只要聽著音樂，就會有變成英雄的感覺。

音樂給我一種自己彷彿能變成這世界的主角的感覺。我在國小四年級第一次有了隨身聽後，不管是讀書或是走路，隨時都聽著自己喜歡的歌。我在想，要是我夠有勇氣穿上無袖洋裝露出瘦弱身軀的話，說不定我早就去學探戈了。不是因為喜歡舞蹈，而是因為太喜歡音樂了。

騎摩托車的時期，也託音樂的福而留下了美好的回憶。大學時我騎了兩年左右的摩托車。我騎的摩托車是一二五c.c.的，車體大約超過一百五十公斤，真的不是個輕巧可愛的傢伙。因為外型就跟黑色甲蟲一般，所以簡稱「黑甲」。我從來都沒想過，我竟然會騎著這個吃石油的雙輪坐騎，而我與摩托車結緣的契機就是我弟。我弟用打工的錢買了摩托車，我一坐在他的後座，就愛上了那種刺激感。全身都能感受到那時速八十到九十公里的速度感，感覺心臟怦怦跳個不停。不久之後，我也存錢買了和弟弟一樣的摩托車。

剛開始的時候，只騎短短的距離，之後慢慢熟悉了，甚至會從忠正路的辦公室騎回江南的家。那時我一邊聽著彩虹樂團（L'Arc~en~Ciel）的《driver's high》，一邊看著天邊和江水都變成一片黑藍，在凌晨三、四點經過盤浦大橋的心情，真的很微妙。我戴著露出耳朵的安全帽，感受著風從旁邊呼嘯而過。我想，只要曾經在橋上奔跑的人都會知道，這時的風不是呼呼地吹，而是像很多鐵絲紮到耳邊的感覺。

音樂聲被風吹散，反而凸顯出引擎的聲音。偶爾我歌唱得太過投入，不小心噴出來的口水，就會以時速一百公里的速度向後飛嘯而去，不過沒關係，反正沒人聽到，也沒人看到。這就是真正的「物我一體」，真正的 driver's high。我的摩托車生涯雖然在不怎麼戲劇性的契機下劃下句點，但是那時的回憶依然歷歷在目。

我對於當天在運動時要聽的音樂曲目相當執著。為了維持當下的緊張感，因此會配合不同情況來挑選適合的歌曲。在做仰臥推舉時，如果當天的狀況比想像的好，而我還想要增加五公斤試試看的話，就會聽像是歐洲合唱團（Europe）的《the final countdown》這類奧林匹克冠軍入場時的背景音樂，一邊聽著彷彿像是要創下舉重界新紀錄一般的音樂，結果卻只舉著三十公斤重就已經在旁邊唉唉叫，雖然感覺有點不好意思，不過，又有誰會笑我呢？當我想以比較高的張力來踩飛輪時，就以一副腳踏車的前輪即將飛往仙女座的氣勢，聽著速度金屬（speed metal）音樂；而當我想變身成重訓區一隻自大的野狼時，就聽著拍子較重的ＲＡＰ和重金屬。

雖然說，在想提升運動張力時，都習慣聽節奏比較快且比較吵雜的歌，但是我的歌單中並不是只有快節奏的歌。在做低強度動態緩和運動（cool down，運動後簡單的舒緩動作）或是伸展時，為了要使呼吸變緩慢，也會聽旋律較慢的音樂。之前我沒有特別調整運動的強度，以一般運動的強度來做低強度動態緩和運動時，結果卻扭到脖子，在那之後我都特別注意要放慢兩倍呼吸來做

cool down。

「能夠聽著自己喜歡的歌來做運動」這一點，可能是我喜歡重訓的最大原因。因為重訓基本上就是一個人的運動，因此可以一邊聽著音樂一邊做。我喜歡的是具有毀滅性的節奏感（老）歌！

老實說，到現在我也搞不清楚我到底是為了聽音樂才運動，還是為了運動才聽音樂。但是我可以很確定地說，坐在公車上很平靜地聽，和舉著數十公斤槓鈴的時候聆聽東德重金屬樂團雷姆斯汀（Rammstein）的歌，兩者的心情完全不同。

這砰砰的鼓聲和沉重的貝斯聲好像敲打在心臟一般。應該說有種就像是站在搖滾區聽和買錄製的CD回家聽的差異。所以，對於像我一樣同時喜歡音樂和運動的人來說，在運動時可以聽音樂的感覺是特別珍貴的。

有時運動狀態不錯或是那天心情很好，興致高昂的我甚至會坐在訓練椅上低聲地哼起歌，有時一沉迷其中，甚至還會不自覺地唱出聲，或是在舉槓鈴時，肩膀會忍不住跟著一聳一聳地跳起舞。

不過，健身房裡並不是只有我一個人會這樣。舉例來說，當要用盡力氣將

槓鈴舉到最高點時，有些人的嘴型不是「呀～啊」，而像是「噓（夢幻的樹林）」或是「我（愛你）」這類奇怪的嘴型，還有某些人舉啞鈴的時候，脖子就像駱駝一樣前後搖晃，感覺就像在打拍子一般。

每當這種時候，我都會將頭轉向一邊，盡量假裝沒看到。因為大家都是自己舞台的上主角，身為觀眾的我們，還是不要打擾他們吧！

CHAPTER 3

原來我也有「腿勁」！

☆前半年自主訓練時，我時常暗自擔心。因為很怕自己一直在原地踏步。因為沒有人在一旁引導或是幫我確認姿勢，因此也擔心自己用一股蠻力亂做之後受傷，其實我也真的有好幾次受傷了。

過度用力會受傷，但不用力又無法達到運動功效，而我感覺就像是一直在受傷和運動無效之間遊走一般。看著之前紀錄的運動日誌，很明顯地自己訓練的重量並沒有增加，所以內心覺得很焦躁。

然而，沒想到還是有些小小成果的。雖然具體數字沒有變化，但是「腿勁」就是我這一段時間辛勞的成果。

學無止盡

運動背部時，先好好地坐在器材上。等到心理準備好了，伴隨「呼」一聲，雙手緊抓著握把用力向下，身體放鬆，吸氣發出「嘶」的聲音。重複做了幾組之後發現，我在雙手向下時發出「嘶」聲，吸氣時發出「呼」的聲音。那是個風和日麗的早晨，透過整片的玻璃窗，能看到溫暖的陽光傾瀉的日子。

可能因為是一個人的運動，加上漸漸地習慣了運動的強度，因此趣味也漸漸變少，突然發覺原來自己已經進入倦怠期了。因此我決定要更集中，再多學一些和重訓相關的東西，所以決定換別處的健身房，再上一次PT課程。

現在新的教練是職業軍人出身。有些像是體育系出身的人，或是運動選手出身的人，還有一直有在鍛鍊肌肉的人，都會給人一種特定的感覺，他們的外表大概就是有黑黑的肌膚，結實強壯的肩膀，以及胸部總是挺挺地朝向天空。還有，說話的時候，身體會不住地向前傾，說話前下巴會先往前，給人一種相當熱情的感覺。該怎麼說呢?像我這種口條笨拙,在說一句話之前,會先搖頭晃腦的人相比,好像是不同世界的人。不只是說話,他們連動作和行動都像是不斷地在噴發腎上腺素一般。

真正促使我報名的決定性關鍵,並不是知道這位新教練會從緊湊的課表中,特地抽出時間和學員對話,或是他竟然為了做個人訓練,一周七天都上健身房等,這些令人欽佩之處。

那是PT的第一天。一如繼往地必須先進行體能測試,而我的內心就像在喊仇人名字一般悲痛。「唉呦喂呀!竟然是二十三.七!」這跟一年前的肌肉量完全一樣。我每周風雨無阻去健身房四到五次,很認真地練習,沒想到卻因為完全放棄飲食調整,所以導致脂肪量上升,整體數值看來可能比一年前還要差。

雖然一直安慰自己說「數字不重要」,但是面對人生中第一次見面的人,我也只能擺出一副羞愧到不行的表情,教練看了一下我的臉色之後,開口說:

「你的肌肉量看不出是已經運動那麼多年的人!」(和你的運動年限相

比，你的肌肉量算少的！）

「……是啊。」

「不過，重要的不是數字。我們先來看一下你整體運動的情形。跟我來。」

教練讓我坐在各式各樣的器材前，要我試著做許多種運動。我一聽到教練說的運動名稱，就自動地舉起啞鈴或是槓鈴開始作一小組運動。感覺就像來到競技場一樣緊張。大約三十分鐘過後，教練沒再說出其他的運動名稱，反而是「嗯？」了一聲，我感覺緊張到不能呼吸了。到底他會說什麼呢？

「動作蠻標準的啊？一個人練很久了嗎？」

聽了教練的話，我終於鬆了一口氣。因為數字已經背叛我了，如果連動作也被說是一團糟的話，感覺我就應該要好好想一想是不是還要再繼續運動了。

「之前曾經請過PT指導，但最近半年多來則是自主訓練。」

「難怪……雖然有掌握住基本姿勢，不過有些動作歪掉了。你在做胸部運動時，肩膀很痛吧？還有做死蟲式（Dead Bug）時，不是肩膀痠痛而是腿痛，對嗎？」

我聽到教練的話，不禁眉頭一皺。他指出的部分就是我平常自己運動時最煩惱的部分。短短的幾句話彷彿解開了我這半年來的苦悶一般，我用一種看著超靈驗算命師的表情看著他說：

「教練您怎麼會……」

「一看就知道了。」

教練一副還沒完的表情，笑著說：「你應該很悶吧！上次你一個人來運動的時候我就看出來了，你現在應該是自主訓練到了停滯期了吧？」我因為被教練說中而驚訝地瞪大眼，只能一直重複說：

「教練您怎麼會……」

「你就是靠著意志力和對運動的義務感逼自己來運動的，雖然覺得厭煩，但還是覺得要做完運動組數，光看你的樣子就知道了。」

教練說完，我吞了一口口水舒緩喉嚨的乾澀感。「厭煩」這個單字其實出現在腦海中無數次，但是我極力地去忽視它，不過在教練面前，好像一切都無所遁形的感覺。所以，這就是我想找新教練開始新的ＰＴ課程的原因。

或許有人會覺得「你對運動算是都了解了，幹嘛還要浪費錢請ＰＴ？」這句話多少有些語病。當然，我還是要再次地強調，ＰＴ不是學習運動的唯一方法。如果過度地依賴教練而不自己努力練習的話，只不過是長期ＰＴ上癮症而已。

只不過，ＰＴ也有很多種。有不懂運動時，帶大家了解入門動作的ＰＴ；有幫助強化運動成為習慣的ＰＴ；也有能幫助克服停滯期，提升運動質量的ＰＴ。像我這位新的ＰＴ，他甚至在周末會請別的選手擔任他的ＰＴ。「學無止盡」這句話，當然也適用於運動。

有一天我見到了一個同業，和他聊起運動的話題，聽到了相當有趣的事情。A在兩年前換了公司後，開始學習他的畢生志願，也就是游泳。連如何浮在水上都不知道的他說，他的人生分成「會游泳前」和「會游泳後」。而我這個游泳的門外漢，問了他超基本的問題。

「自由式、仰式和蝶式你都會學嗎？」

「學完動作之後，接下來就是繼續往『自由游泳』的領域前進了。」

「學游泳的動作應該很快吧？所以接著就是繼續不斷地重複相同的動作嗎？」

「就算一樣是自由式，也需要為了提高動作的精準度而不斷地練習。要學習什麼時候抬手，什麼時候吸氣等。繼續游泳，然後繼續學習，然後又會有新的東西要學習。」

說這些話的他，眼睛閃爍著光芒。「啊！原來游泳也一樣啊！」我認真地點頭附和。

就像「學無止盡」這句話一般，學習是永遠學不完的，這或許正是學習的樂趣吧！看來，哪怕我看起來總是不安也不是很上手，也應該對自己多一點點寬容。因為即便已經運動三年的我，依然在學習我還不懂的部分呢！

我的興趣就是「不擅長運動」

我的興趣算是蠻普通的。當初進公司時填的資料上就有「興趣欄」，我真的是絞盡腦汁也想不出除了閱讀、電影欣賞之外的答案，但是現在，或許可以毫不猶豫地寫下某個答案了吧！

如果問大家：「為何會選擇它作為興趣？」相信大部分的人都會回答：「因為有趣啊！」或是「沒有什麼特別的理由。」如果再繼續追問的話，不出意外大概都會聽到這樣的回答：「接觸之後，發現自己蠻有天分的。」就像是不抱特別的想法去參加了一日料理課程，結果被稱讚能完美地將蛋白和蛋黃分離；或是在其他學生面前，被稱讚煮得很好等，這些經驗都會起很大的作用。

雖然說，興趣是自己在做的時候能感到趣味的事情，但是人們在選擇興趣時，其實偏向選擇自己還蠻感興趣，同時具有一定天分的事情。

理由很簡單。因為不管是什麼事情，做得好就會覺得很有趣。所以如果想

要享受一件事情的話，在某個程度上需要以「做得好」為前提。

雖然說，興趣就是一種自我滿足。但想想，我們在一年內投資了非常多的時間努力學游泳，結果一起去的朋友連蝶式都已經游得超好，而自己卻連自由式都還學不好，是不是會覺得很洩氣呢？又例如，一般學吉他時，大約半年就會學到《愛的羅曼史》（Romance d'Amour）了，但是自己卻連指法都還背不起來時，大家還會繼續把吉他當作興趣嗎？

我們在這裡說的天分，並不是指能夠做為職業的才能，而是指要做這一件事應該具備最基本的素質。

在網路或是圖書館搜尋女性運動相關書籍或文章時，可以發現大家運動的契機多半是「我之前曾經運動過一段時間」、「和同儕相比，算是容易練出肌肉的類型」，以及「我能舉起和男生差不多重的東西」等，和我可以說是不同世界的人。

不知道是不是因為很會運動的女生，就算是「謊話」也能被奉為「圭臬」，而不擅長運動的女生，可能因為根本就不會和大家分享有關運動的事情，因此也不會有相關的文章。

我不論是先天或是後天，在對任何興趣都沒什麼天分。不過，現在如果要填興趣的話，我應該會模稜兩可地寫上「運動」。

從開始接受ＰＴ課程算來也已經超過兩年了，但現在的肌肉量依然徘徊在基礎入門階段。雖然大家可能會說：「這樣已經進步很多了，不是嗎？」不過，大家如果在網路上看過這篇文章一定會感到咋舌，那就是有人一輩子都沒運動過，但是他的肌肉量是二十六公斤。

我的身體天生就比較容易消耗熱能，也就是消耗能量的能力要比吃東西更強，像我這樣的體質如果不去當吃播YouTuber的話，簡直就是一無是處。雖然年過三十的我，比一般上班族來得瘦，但是這個瘦，不是給人纖細，反而是瘦弱的感覺。

不管我怎麼計算熱量，調整飲食，體重也不太會增加。為了強身，我購買了國外的營養品，並且定期向某網站訂購煙燻雞胸肉，不過這些東西並沒有變成我身體的肌肉，反而只是讓我的身體忙於消化它們，變成昂貴的排泄物而已。如果體重無法增加的話，肌肉量當然也不會增加，所以在運動時，也就不能增加器材的重量了。不管投資了多少金錢和時間，我只是原地踏步或是往後

踏步。這樣的心情該有多麼鬱悶，相信只有經歷過的人才知道。

雖然說體重不是唯一指標，但是看著上個月還做著徒手深蹲的男生，現在已經可以舉著八十公斤的槓鈴做深蹲，我只能羨慕地嘆息。還有看著新加入的女會員，已經可以在坐式腿部彎舉訓練機（leg curl machine）上進行二十公斤的訓練時，我又忍不住眼紅了。可能是想起一年多前被問到「現在（運動實力或肌力）達到平均標準了吧？」那時不禁脫口而出「還在平均以下」的這句話，讓自己感覺蠻受傷的，不過在那之後，我並沒有發現到自己有所成長。

不只是肌肉量，我連運動神經也不好。我的運動神經差到在一開始學習直腿硬舉（stiff-legdeadlift）動作三小時後，就得到了全體一致認證。不管是學習什麼動作，我之後都一定會畫圖加上作筆記，因為有想要複習的想法，還會看YouTube或是書本來找出相同的動作跟著做，不過即便如此，我做運動時，看起來不像在運動，反倒像是舉著啞鈴在跳舞。

之前，我曾經有一度認為我的運動神經之所以不好，可能是因為柔軟度不佳。所以我硬是擠出中午的休息時間，練了大約半年左右的瑜珈，結果連瑜珈實力也是平均值以下，最後我只好苦悶地結束我的瑜珈生涯。

像這樣渾身上下真的找不到一點運動細胞的我，卻開始運動，還被周邊的朋友戲稱像是「魚兒在騎腳踏車」，大家就能想像我和運動有多麼不搭了。還不如把小時候喜歡的繪畫或是樂器演奏當作興趣，這樣比運動更適合我一百倍呢！但是不知為何，體能是全校倒數的我，就是無法放棄運動！

用自己擅長的事情做賭注，成功的機率會比較大。因為只要花更少的錢和時間就能得到比別人更大的成果。將擅長的事情做得很好，而得到他人的稱讚，真的是一件相當愉快的事情。隨著年紀增長，如果喜歡上自己做不好的新事物是相當累人的，尤其這件事情自己又沒有天分的話，那就需要更多的時間和精力了。

不過，連結我和運動的，或許就是「對不擅長的事情隱約有種莫名的執著」這樣的心情吧！運動一段時日之後就更明白地發覺，對我來說，運動就和記者的工作相似。

比方說：記者常要聯絡一些單位，但窗口幾乎都每一、兩年就變換，瞭解新的窗口並建立人脈通常也需要一到兩年的時間，每次都在快要看見曙光時，人員又變動了。因此也只好重新把好不容易東拚西湊好的沙堡推倒，再次重新

歸零，如此反覆著。雖然說聯絡窗口的變動，久了之後也會有一定的邏輯，也能得到某些訣竅。不過，記者的生活真的總是充滿混亂和未知數。

在這樣的記者生涯中所獲得的教訓，如果要選出一個最厲害的，那就是不擅長某些事也會是一種優點。簡單來說，就是不讀書的孩子更能成為優秀的老師。因為他比任何人都能了解不讀書的孩子的心情之故。記者因為總是混亂無知，只能提出相對基本的問題，反而更容易接觸事件的原點；因為他們比較接近一般人的視角，反而更容易提供一般人需要並且能接受內容。

在一個領域上耕耘了數十年的專家，他們的專業程度很值得尊敬，不過對大眾來說，卻不是最好的說明者。

如果長時間待在相同的單位，那麼就很容易陷入以為自己是專家的幻想之中，這是因為他們經常見面接觸的都是該領域專家。

韓國有一句俗諺說：「書堂狗三月，也能吟風月。」所以，我們隨時都要保持警戒，不要讓自己因為很熟悉某件事物後就鬆懈，覺得一切都駕輕就熟。像我就覺得傻呼呼才是記者的本質，也是記者存在的理由。

運動對我來說也是件沒效率的事情，努力、掙扎和忍耐的時間，可能就是幫助我維持在「傻呼呼」狀態的原因也說不定。然後，透過這個傻呼呼的狀態，才能把更多關於運動的喜悅和大家分享。

女生是可以練出「腿勁」的

從出生到現在，我從來沒有在體育課中得過中等的成績。學生時期為了自由投籃、跳繩的考試，每天晚上都在運動場練習，結果那學期的體育成績還是墊底。不過，也不是因為我的肌力和體力不好，因此柔軟性就好。在身體柔軟度的測試中，我身體彎下去的數值是負二十公分，還是所有成績中的最低分。

在這其中還不算太差的就是短跑，因為短跑算是運動項目中比較不需持久力或肌力，可以靠著意志力全力奔跑的。不過像那樣全力奔跑到襪子破洞所換來的結果，就是隔天全身的肌肉痠痛。

年過三十後，花錢運動了幾年，老實說狀況也沒太大變化。我一直覺得，如果運動有分等級的話，我當然就是在金字塔最底端的人。但是，最近在這樣的我身上，發生了「驚天動地」的事情，那就是偶爾，非常偶爾的，開始聽到教練對我的稱讚。雖然有些話聽起來有點奇特，舉例來說：

「哇，你真是……」

「咦？」（我又哪裡做錯了嗎？）

「哇，可能是長期運動的關係，你的『腿勁』真的不是蓋的。大概是我們健身房的女生中最有厲害的。」

「謝謝……？」

這是我開始新的ＰＴ課程沒多久，有一天在做羅馬尼亞硬舉（Romanian DeadLift）的時候，當下已經不知道是加到幾公斤了，所以教練才這麼說。不過因為我平常大多是做五十公斤的，因此我猜那天應該是多舉了十公斤吧！

就這樣好不容易做了３ＲＭ（Repetition Maximum，１ＲＭ是一次能舉起的最大重量，３ＲＭ是三次都能舉起的最大重量）後，回到原點一看，才發現兩邊都放了三十公斤。因為槓子本身的重量是二十公斤，所以表示這三次都舉起了八十公斤。而且還是在完全不晃動的標準姿勢的情況下。

首先，我很驚訝自己竟然一次能舉起三十公斤，再來也是驚訝大家稱讚我的「腿勁」。在我運動這麼久以來，從來沒有人稱讚過我。不過「腿勁」這個

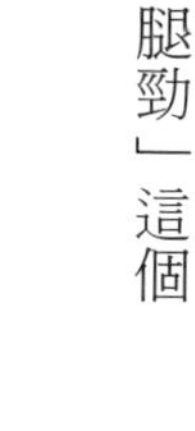

單字，之後陸陸續續在類似的情境中會聽到。

「你還有『腿勁』不是嗎？這個小意思啦，一定舉得起來的吧？」

「（腿部推舉）可以推得動兩百公斤吧？就像平常做的一樣。你有『腿勁』，所以一定推得動。」

聽到這樣的話，就算好像做不到，也只能拚盡全力一試。用力閉上眼睛，發出「赫」的聲音時用力，感覺就像教練們用雙手拚命揮舞著寫著「腿勁」的大旗在我面前吶喊助興一般。我在想，這個「腿勁」的意思，應該是「力量」加上「腿」的意思吧！不過因為我沒問過，所以不知道正確的定義到底是什麼。

不過，這個詞讓我聯想到老舊的體育館裡面放著用木板簡單堆疊成的長椅和草繩子，那種帶點鄉土氣息和人情味的感覺，讓我相當喜歡。

前半年自主訓練時，我時常暗自擔心，很怕自己一直在原地踏步。雖然運動是運動了，但是「一個人在原地拚命努力，結果只是徒勞無功」的想法卻一直在我腦海中揮之不去。一個人練習也增加不了太多的力量，做完一組二十次的運動後，因為實在太累了，所以就自動地慢慢減少次數，先是十七次⋯⋯，而後十五次，最後就只做十次了。

因為沒有人在一旁引導或是幫我確認姿勢，因此也擔心自己用一股蠻力亂做之後受傷，其實我也真的有好幾次受傷了。過度用力會受傷，但不用力又無法達到運動功效，而我感覺就像是一直在受傷和運動無效之間遊走一般。

看著之前紀錄的運動日誌，很明顯地自己訓練重量並沒有增加，甚至容易受傷的三大運動（仰臥推舉、硬舉、深蹲），我做的重量都還比以前更輕。雖然知道重量並不是全部，但內心還是覺得很焦躁。把週六上午的練習也算進去的話，我維持平均一周運動四到五天，如果這些日子的辛苦都沒有任何成果的話，不管我有多麼神經大條，也會感到難過的。然而，沒想到還是有些小小成果的。雖然數字沒有變化，但是「腿勁」就是我這一段時間辛勞的成果。

自主訓練時無法依賴任何人，而運動的成果端賴當天的心情、狀態以及耐力來決定。這就像在上PT課程一樣，就算累，也無法稍微偷個懶，因為自己都為了運動專程來健身房了，如果偷懶的話，當天的運動就白費了。

還有專為幫助掌握當天狀態所準備的各項事物，也是「自主訓練」的成果。此外，對我來說，想要努力完成一組運動規定次數的強迫觀念，好像也在不知不覺間增強了我的力度。在一旁沒有人監督的狀態下，能慢慢地訓練，而後一個人舉起數十公斤的努力，我相信如果不是自主訓練，是很難有這樣的變化的。

所以，如果你已經運動很久了，但並沒有什麼太大的變化，就像一個人在雲霧中亂踩一通的話，請繼續加油！我相信在你的體內，「腿勁」的肌肉正努力地生長著。我想，能讓我們維持數十年運動的原動力，比起運動海報裡的AFTER照片，還不如這樣直白的「腿勁」更有力呢，不是嗎？

外剛內柔，外柔內剛

燈光昏暗的室內，充斥著歐薄荷的香氣。在這一群正努力彎曲他們四肢的人群中，有一位夢想成為女版馬東錫的少女，正站在瑜珈墊上，伸展著她像樹枝般僵硬的腿，她的名字叫做金芝媛。少女為了不影響他人，正努力咬著下唇，以免自己發出不適的呻吟。

在轉為內勤工作的半年間，我特別抽出午休時間，到公司附近的瑜珈教室上課。這是我開始運動約莫半年左右的事情。雖然我一直努力想辦法賦予運動樂趣，不過還是感受到身體的極限。我自認具備運動所需的全部條件，除了柔軟度之外。

我下定決心要學點「什麼」來增加柔軟度的契機，始於某一個學習相撲深蹲（Sumo Squat）的日子。我做著相撲深蹲的準備姿勢，雙腳打開站好，然後深深地往下坐。

我在開始做準備姿勢的時候，額頭已經開始冒汗，感覺有種很不好的預感。好不容易利用鞋子和地板的摩擦力，打開雙腳站著，之後完全不知道該如何膝蓋打開。就像是蹲在傳統廁所上廁所後，才發現沒有衛生紙的人一樣，以一種奇怪的姿勢坐下後，教練面無表情地望著我，然後又說出了他的經典台詞：「你該不會是故意的吧？」

最後，那天我沒有再做相撲深蹲，剩下的時間都像青蛙一樣趴在地上做伸展。如果因為身體柔軟度的關係而無法做相撲深蹲的話，那就把相撲這個字從我的人生字典刪除就好了，根本不用費心，不過，在重訓時，其實柔軟度是相當重要的。

正當我為此所苦時，在公司和我同組的前輩說：「我在想要不要利用午休時間去練個瑜珈，最近覺得身體好笨重。」因此瑜珈這個詞，突然就被我放在心上了。前天我剛買了一本書，書名完全體現了我內心的願望，那就是《站成一字》，我將它細心地放在書架上。當天下班時，我和前輩就順路繞去了瑜珈教室，我一次繳了三個月的學費。

我們上的瑜珈教室因為價格很便宜，又位在光化門附近，因此有很多熟面孔在這裡上課，尤其午休時間的瑜珈課相當熱門，如果不早點去的話，根本找不到位置。

上班時，我坐在電腦前，差不多十一點四十分就開始有點心不在焉。只要開始有一兩個同事離開座位去吃飯，我立刻就會像火箭般衝出辦公室，往瑜珈教室全速前進。只有這樣，才能找到一個能放得下瑜珈墊的窄小位置，哪怕雙手根本都無法好好伸展開，我也覺得超級幸運。瑜珈課差不多是四十五分鐘，下課後，立刻衝到附近的餐廳簡單買個海苔飯捲或三明治打發，然後衝再回公司繼續上班。

這樣戰鬥式的瑜珈，和大家想像中在寬闊的位置中，慢慢地躺下，將一切煩惱放下來，開始進入冥想的瑜珈，相當不一樣。

不過，雖然地方小到感覺不小心就會踩到旁邊人的腳，但是老師用她優美的嗓音來授課使人如沐春風，彷彿就像是在坦尚尼亞的賽倫蓋亞草原上冥想一般，因此在課程中閉上眼睛，就能集中在瑜珈上。雖然說睜開眼睛回到現實中時，仍會發生一不小心伸展四肢又會碰到旁邊的人，然後緊接著說「對不起」的窘境。

不過，在瑜珈課中，我還是蠻有收穫的。首先是能感受身體的每一個部位的肌肉。每學一個新動作，都有一種能喚醒我體內不知是否存在的肌肉的感覺。雖然說在做重訓的時候，其實也經常能感受到身體細微的肌肉，不過，瑜珈是透過緩慢的呼吸來使我們感受到身體肌肉的變化，就像是為乾枯的心靈慢慢澆水一樣，和重訓時的感覺很不一樣。

還有，現在我會仔細專注地做好緩和運動，這也是瑜珈帶給我的影響。其實在學瑜珈之前，我對暖身運動和結束的緩和運動並不上心。首先，是不太知道到底該怎麼做，再來也是不太懂得它的重要性。

但是做了瑜珈之後，我感覺到僵硬的肌肉慢慢放鬆，所以現在不需要誰特別叮嚀，我也會乖乖地確實做好暖身與緩和運動。確實做好暖身再進行重訓，就可以很明顯地感受到身體能活動的範圍變大，而且肌肉痛的情形也減緩了。姿勢變好，重量當然也就能提升。

柔軟度對重訓的重要性真的不需贅述。以驚人的重量和反覆性高的下肢運動而人盡皆知的健身運動員，也就是「腿王」湯姆．普拉茨（Tom Platz）也以柔軟度聞名，他在選手時期能舉起兩百公斤的槓鈴做深蹲，看到他的影片，就能發現他很輕鬆地讓屁股坐到幾乎要碰到地面的位置。

順便再告訴大家一點，其實大部分的人之所以做不好深蹲，不是因為肌力不足，而是因為腳踝和小腿的柔軟度不足，所以在舉起槓鈴後，臀部感覺就在空中一直徘徊。或許很多人看到大多數的健身運動員的臀部都很大，因此誤以為他們柔軟度很差，但其實這是偏見，反之，他們的柔軟性都非常好。簡單來說，因為如果柔軟度不夠，一開始根本就無法將身體彎得那麼極致。

還有，重訓的基礎對於我在練瑜珈的時候也提供了一點幫助。因為要做好瑜珈，除了柔軟度之外，其實也需要一點力量。

瑜珈有個動作我一直都做不好，那就是站姿前彎（Uttanasana，膝蓋打直，上半身向前彎曲）。有一天，我把這個煩惱告訴老師。老師說：「你不要一直想著往前彎，試著腹肌用力，用腹肌去壓大腿的感覺來做做看。」當我的腹肌用力，想著去碰大腿，沒想到一下子手就超過腳掌的位置了。

之後，我在做相撲深蹲時，往外增加了十度，正當我還沉醉在不可思議的歡喜中的時候，教練看著我說：

「柔軟度重要還是力量重要？這個問題就像是一直追問是先有雞，還是先

有蛋一樣。」

沒錯，並不是剛強就一定不柔軟，也不是柔軟就一定不剛強。這就是我從瑜珈上學到的教訓。

哇，我竟然飛起來了

我拔出運動器材的插銷，在上上下下的孔位中游移不定。在重量與數字都不斷攀升之際，我卻還在為該把插銷插進哪個孔而煩惱。

「是這裡？還是這裡呢？」

「今天好像做不到那個程度吧？」

「好吧！那就這裡吧！」

雖然說我在做自主訓練也還算是蠻有意志力的，不過還是有尚未克服的困擾。那就是運動開始前，都必須決定每個循環要做的負荷量。這個運動要做幾組？幾公斤？重複幾次？這感覺就像是被媽媽發現我偷偷藏在鋼琴椅子下方的國文考卷，或是三十分的聽寫成績單時，媽媽問我：「你自己說應該要被打幾

下？」一樣。

雖然說，我內心最想說，同時也最正確的答案應該是「我不想被打」，但這樣的話，媽媽會生氣，所以這答案根本不可能成立。運動更是如此，為了能折磨自己以便自我成長，因此在運動前，必須問自己「今天要被打幾下？」

「今天狀態很好，就……被打個十下吧！」

「已經連續加班兩天，實在太累了，今天就打個三下吧！」

問題就在於，因為都是自己決定要被打幾下，因此非常容易不按牌理出牌。偶爾帶上頭帶，認真地被打十下的我；某個時候也會因為疼痛而決定只要被打一下就好了。但是運動量縮減的話，力量也會縮減，之後慢慢地，也會覺得越來越無趣。

自主訓練時，只要身體出現腰酸背痛，很容易會想要耍賴。更何況就算耍賴，也沒人會說什麼。不過，最真實地感受到耍賴後果的，就是我的身體。

雖說我用「要被打幾下」來舉例，但其實運動是比被打來得好的活動。被打的話，所得到的只有憤怒和耐打程度，但持續地被運動打的話，身體的成長卻是肉眼可見的。

舉例來說，之前我自己做腿部彎舉（Leg curl，鍛鍊後腿的運動）時，大概平均都是做十三公斤左右，如果當天狀態好的話，甚至會做十五到二十公斤，不過下次就又會變回十三公斤了。如果是感冒或是前一晚喝了酒的話，甚至連十三公斤都會覺得費勁。

像這樣隨意地調整數字的結果，就是很難用重量的數字來判斷是否有進步的情形。只能安慰自己說，我狀態好的時候，可以用標準姿勢連續舉××公斤二十次。

然後有一天，我趴在器材上時，照例以後腿的力量將器材抬向臀部時，雖然感覺到有點重，但我還是以正確的姿勢撐著做完了十下，做完之後看著插銷，竟然插在二十八公斤的位置。如果是平時的話，這根本是我不會也不敢嘗試的重量。

有一天，我在做全蹲（full squat）時，應該要使用十五公斤的槓片，結果卻錯放成二十公斤的槓片。本來我是想舉五十公斤的，結果卻在這樣的狀況下

舉了六十公斤。當時，我將槓心放在僧帽肌上，「嗯～」用力一舉，覺得比想像中重一點，但卻不到會害怕或是會受傷的程度。

本來舉五十公斤的時候，我都是做一組十次，而且因為我是那種會想盡辦法撐到做完的人，所以硬是做了十次。做到第六次的時候還在想：「難道是我今天狀態不太好？不過平常也是這樣做的啊，也不是什麼舉不起來的重量啊？」只好腹部再度施力，努力繼續做，雖然感覺魂都要飛走了。

之後在做最後一組時，要再增加五公斤的重量，看了一下槓片，才發現兩邊都是二十公斤的槓片。其實我在前幾天才剛從五十公斤增加到六十公斤，當時使出渾身解數，用盡所有力氣也才不過撐了三次而已。

大家可能會覺得，怎麼可能有這種事，不過運動之後，真的偶爾會發生這樣的事情。所以哪怕平常覺得有點累又有點悶的時候，記得還是一樣要憑藉著意志力持續鍛鍊。

當然，這其中或許有心理因素也說不定，不過，我能很明確地告訴大家的是，這和浮在水面上，或是掌握自行車的重心不同，想要安全不受傷地舉起特定的重量，絕對不是只要克服心理的恐懼就可以的。

之前在考生活體育指導員後，曾經在研修課程中看到一個圖表。就是像我們在運動相關書籍中很常看到的，X軸是運動時間，Y軸是實行能力的圖表。實行能力，並不會隨時間增長而呈正比，反而是呈現階梯型成長。

我不確定我看到的那個圖表是否是有精密的數據為依據，不過，像我前面說的這些案例，如果不是以階梯形成長的話，根本不能解釋，就是突然在某個時間，本來不行的項目突然可以了的情形。

之前我也有過類似的經驗。曾經有一段時間，我迷上了引體向上，每天都帶著輔助繃帶。哪怕是纏著繃帶，搖搖晃晃地要做二十下還是很艱難，正當我還在為此憂愁時，有一天偶然地和弟弟去外面散步，看到有單槓便忍不住手癢就上前去，雙手用力握住單槓，突然身體輕輕鬆鬆就上去了，真的是連我自己都嚇了一跳。

那感覺就像是本來騎在胯下的掃帚，突然被魔法「咻」地點一下，往地面俯衝後向天空飛去的感覺。「哇！我竟然飛起來了！」運動之後，像這樣的經驗雖然不常有，但偶爾會發生。

就像是每天平均要爬數百個階梯也無法抵達的高地，突然有一天很輕鬆地

爬到上面後，俯瞰著曾經爬過的階梯一般。我想，應該是跨越那層層階梯的瞬間感受，讓我繼續運動的吧！

運動時最怕的就是因傷療養

「醫生……拜託您想想辦法，好嗎？」

「……」

醫生看著報告，直搖頭。我雙手放在膝上，用力抓著診斷書，感覺眼淚就要奪眶而出。

「醫生，拜託你救救肩迴旋肌，沒有它的話，我就什麼上半身運動也做不了了。」

「這個有難度。」

「一輩子嗎？」

「那倒不是。但是就得要休養一下，最少也要……」

「最少也要？」

我全神貫注地等待醫生的答案。

「得要休息四周。」

「唉呦！醫生您說的這是什麼話？休息四周的話，會流失多少肌肉啊？」

如果要幫運動的人整理出最討厭一句話的排行榜TOP3的話，我相信一定有它，那就是「受傷了就要暫時停止運動」。甚至就我所知，有不少運動狂因為擔心醫生說必須休養，因此即使不舒服也忍著不去看醫生。

我自從開始運動後，出入復健科診所簡直就是家常便飯。尤其是運動初期，會以一些相當有創意的方式受傷。像是剛開始運動時，用雙手的虎口去抓握槓鈴，嘴巴張成「ㄛ」的模樣，用力到脖子上的青筋都冒出來，然後一舉起槓鈴，脖子就扭傷了。當下我便「啊！」了一聲，教練嚇了一跳趕快接過槓鈴並放下，然後反覆檢查我的手臂。「該不會是扭傷前腕？」「不是，我扭到脖子了，因為我的臉太用力了……」當時教練沉默的表情，應該有一半是被我嚇到，另一半可能是無言，覺得怎麼會有這樣的人吧！

還有，以前因為我的核心肌群很弱，因此不管做什麼運動，都很容易傷到腰。

「教練，我今天腰受傷，好像不太能動了。」

「你昨天不是沒做背部運動嗎？」

「對……我大概是做直腿硬舉時傷到的。」

做肩膀運動，腰也會痛；做腹肌運動，腰也會痛。本來光是運動部位的疼痛就很不舒服了，結果連不需要痛的部位也輪流來湊熱鬧，我真的快要瘋了。有PT課的日子，我會在當天上班前就準備好水壺、運動服、盥洗用品等，將它們整整齊齊地放入包包一角，以便於當天傍晚的運動。

運動一段時間之後，不知不覺間，疼痛的頻率也會減少。因為運動初期的疼痛，絕大多數都是因為運動的部位還沒有被好好地鍛鍊的緣故。有時候，做

了腿部運動，結果反而腿部開始痛了。這時候，大家可能會有一種「難道我是為了疼痛才來運動的嗎？」甚至會想要放棄運動。不過，這個時候，應該要確實地了解疼痛的原因。

以我為例，我在做深蹲時，哪怕沒有舉任何東西，膝蓋也會痛。不過在矯正姿勢，並且同時進行腿部肌肉的鍛鍊後，就再也沒有因為膝蓋痛而無法運動的情況了。

不過，當然也有些部位的疼痛和鍛鍊無關，就像抱著炸彈般隨時都有可能引燃。對運動的人來說，那怕身體已經熟悉了動作，肩膀和膝蓋還是需要特別注意，這兩個地方是容易受傷的部位。就我的情況來說，右肩算是很常疼痛的。因為脫臼過一次後，稍不小心就很容易繼續往相同的地方施壓，然後不知不覺間姿勢就歪掉，非常容易受傷。

疼痛也是久了就習慣了。比起說是較能忍痛，倒不如說是已經懂得如何照顧經常受傷的部位。運動時常受傷的部位就那幾個，大多都是因為運動的方法或姿勢錯誤所造成。

在剛開始運動時，我就像個呆頭鵝一樣，哪管會不會痛，就一味地只知道用蠻力，不過運動久了之後，就慢慢抓到感覺了。如果察覺到「這樣有點危險」就會立刻做調整或是放下。而差不多運動兩年左右，我就開始致力於尋找適合自己身體的運動了。

只要好好調整運動的順序和方式，仔細做好暖身和緩和運動，關注自己身體疼痛的狀態，就能預防大部分受傷的情形。我曾經買過一大堆繃帶，看著書中的指示在身上捆了厚厚的一層來實驗，結果也是相當有幫助的。有句話說：「運動首重裝備。」因此，我就像把自己當成運動狂魔一般，買了超多的繃帶。因為我的至理名言就是「隨時隨地都要做好防護」，這樣才能長長久久地運動。

痛久了，也開始懂得分辨疼痛的種類。像是因為痠痛所引發的疼痛也有好幾個階段。比如說：分辨這是好的疼痛、扭傷，或是只要稍微做一下伸展就能好轉的疼痛等。不過，需要特別注意的是，有些疼痛可以利用按摩、伸展操或是運動繃帶來預防受傷或舒緩肌肉，這類型的疼痛可以自己照護，但是萬一是異常或劇烈的疼痛，盡速就醫才是最重要的。

公司附近有一家我常去的復健科，那裡的院長從學生時代開始就熱愛游泳

和騎自行車。不過，即使我已經小心又小心了，最近還是覺得右肩好像又有點要脫臼的樣子，因此我哭喪著臉踏進復健科。

「這次又是哪裡痛啦？」

「肩膀……醫生，這次我又要多久不能運動了？」

「本來應該是要休息的……不過，輕一點的話應該是沒關係的。要做運動的話，不要舉任何東西，徒手做就好。這兩周多注意一下疼痛的部位，認真地做下半身和腹肌運動就可以了。」

「什麼？您說……我可以運動嗎？」

看著我喜出望外的表情，醫生噗嗤一聲笑出來了。

「反正叫你不要運動，你還不是會偷運動！」

接著醫生這麼說：「我以前也曾經腳打了鋼釘還去騎自行車，我能懂你的心情啦！」

就像長得醜的人彼此會同病相憐一般，熱愛運動的人不需要特別的言語，就能體會無法運動的苦悶啦！

女生也可以當英雄

「我也要當孫悟空。」

「你當什麼孫悟空啦，孫悟空是男的耶！」

「不管，我就是要當。」

「那你從這裡跳到那裡看看，跳得過就讓你當。」

小時候，我非常喜歡英雄類的漫畫。我偶爾會和住在樓上的堂姊、堂哥一起玩「七龍珠」遊戲，每到分配角色時，就會發生小小的（？）爭吵。問題出在我和堂哥都想扮演孫悟空。因為堂姊自然就是扮演布瑪的角色，但是我和堂哥都喜歡孫悟空。

除了武癡孫悟空外，像在「科學小飛俠」裡面，我也一定是喜歡當鐵雄的角色，而要玩「灌籃高手」的話，晴子這個角色就像布瑪一樣，絕對不會是我想當的。

每當為了角色而爭執時，過程都大同小異。都是先從「你是女生耶！」開始吵，最後堂哥就會提議透過比賽來決定角色。比賽內容都和體能有關，像是將兩個沙發拉開約五十公尺，要從這一個跳到另一個上；或是一次跳三層樓梯等。撇除男女體能差異不說，那時才不過七歲的我，最終都因為身體的限制而只能嚎啕大哭。

「女孩子想當什麼英雄？」這話說得沒錯。到目前為止，真的很少看到電影、遊戲或是漫畫是以女英雄為主題的。就算有，也多半是輔助的角色。穿著只要一踢腿就會掉下來的裸露服裝，在一群男性英雄的身邊作為養眼擔當。

偶爾會出現一些女生，身材孔武有力，還以為她會多厲害，結果也只是搞笑的角色。雖說現在時代變了，也會有一些以女生為主的角色，不過相較之下還是相當少。

女生在虛構故事中也常是弱者。在海內外都相當受歡迎的殭屍電影《屍速列車》中出現的女性是孕婦、女子高中啦啦隊隊長以及女兒等較柔弱的角色而已，反觀男生就有像馬東錫一樣身強體壯的男子漢，犧牲自己來保護女子於水

火之中，而虛弱的女生只能站在背後不斷哭泣。

雖然也能在這之中加入一些有力氣的女生角色（反正是虛構故事不是嗎？現實生活中，李小龍和葉問也不可能徒手打敗數十名大漢），但是導演卻沒這麼做。因此雖然這部電影是個相當不錯的作品，不過在角色設計這點還是相當令我失望。然後在第二年，描寫變態殺人魔的電影《VIP》的演員名單中，出現了「扮演女性屍體」一詞，在韓國引發不小的爭論。

每當我對這些事情表達不滿，總會得到這樣的回答：「女生本來就是弱者。」沒錯，這句話就某些層面來看並沒有錯。根據美國肌力體能協會（NSCA）指出，一個人能使出的力氣與本人的身高體重（塊頭）成正比，而男生一般比女生塊頭大。

不過，就像書讀得好也是分成天生的才能和後天的努力，因此運動除了先天的力量，也應該有能仰賴後天努力得來的。就像這世界上有人一生出來就很聰明，也有人一生下來就擁有非常好的身體條件。然而，在成長的過程中，如果沒有好好地照顧這棵幼苗的話，依然無法好好成長成大樹。美國自我防禦機制宣傳人亞倫・史諾特蘭（Ellen Snortland）在影片《美女咬野獸》（Beauty

Bites Beast）中，這樣說：

「我在自我防禦課程中遇見了對『受傷』有著不切實際、過度擔憂的女性。這多半是因為她們小時候不曾瞭解過自己身體的緣故。」

就像是大象如果從小就被腳銬鎖住腳，那麼之後就算解開腳銬，大象也不會隨意移動。因此不管這個女孩天生有多麼大的力氣，只要你從小就讓她穿上稍微一跑跳就會掀起來的短裙，或是將整個腳趾都緊貼在一起的高跟鞋，那麼她們當然就會變得越來越弱。

還有，社會上的氛圍也有關係。女生只要稍微超過審美體重一點點就被會指責說太胖或是塊頭大，還好我開始運動之後，已經擺脫了這個枷鎖。

在三年前，不要說引體向上了，我就連在單槓上吊個十秒都做不到的「女生」。然而，現在我不需要任何輔助道具也能做到幾次引體向上。我的性別、身高與天生的身體條件並沒有改變。唯一不同的，就是這幾年我以天生的條件為基礎，然後試著去鍛鍊它，並學習如何運用身體的方法而已。

所以，我認為先天身體的條件並不會侷限我們。現在我們生活的世界上，絕大多數重要的角色都是由男性擔任，然後女生只能擔任輔助的角色，或是被男生所保護，甚至是他們幻想或是產生慾望的對象。

一直以來，女性不如福爾摩斯般聰明；不如唐吉軻德般充滿理想主義；不像哈姆雷特般會思考存在的問題，她們就像是配角或布景般的存在。甚至，那怕是現在，即使已經有無數的女性在各個領域開疆闢土，恐怕也還有人仍有這樣的想法。

就算男女在先天體能上有些微的差異，我也希望有更多的女生能做和男生相同的事情。女生並不是弱者，相信在其他的領域上，女生一樣能擁有勇氣並具有魅力，不只能守護自己，也能守護愛的人，而成為英雄。

二〇一九年三月，不是漫威漫畫迷的我，也去看了《驚奇隊長》（*Captain Marvel*），因為這是以女性為主角的電影。我看完電影，踏出電影院時，內心都還相當激動。「原來，之前沒有女英雄的電影只是因為他們『不』做而已，如果要做的話，還是做得出來的啊！」

我相信也會有一些人覺得，那麼強的女生根本就只是存在腦海中的妄想而已。像是手臂會噴出火花，能在宇宙中飛翔或是阻擋前進的飛彈這類的情節，不論是女生或是猩猩來做都一樣，總之就是虛構的故事。而虛構之所以存在的理由，就是讓人們體驗不曾經歷的人生，在現實生活中，這些都不過只是想像，是為了讓我們更勇敢地生活而已。

真希望之後孩子們也會玩「驚奇隊長」遊戲，這樣大家應該會吵著要扮演隊長卡蘿，總不可能會跑去扮演尼克這個大反派吧？

CHAPTER 4

運動就是人生的一部分

☆我認為，要讓運動成為生活的一部分，最重要的是必須把運動當成一種習慣，而不是一種特別的活動。它不該是個三個月快速打造好身材的短期訓練，而應該是一個三十年的生活企劃，不論是花大錢請ＰＴ或是自主訓練也一樣。

運動完全是個人的事情，沒有任何人能替你做。

「躺著撲騰」是什麼？

這大概是我運動半年之後的事情。為了迎接新年，健身房在社區內的自助餐廳舉辦尾牙。大家一邊大吃大喝，同時還一邊小心翼翼地看著自己教練的臉色，正當我們努力消滅餐盤中的食物時，在座的一位會員拿出電影招待券說：「只是吃的話太無聊了，我拿這個電影招待券當獎品，大家來猜謎吧？」坐在他旁邊的館長慢條斯理地把肉放進口中，不容分說地開口：

「這樣嗎？好啊！那高會員，你來說說看三個下半身運動的名字吧！」

「什麼？我嗎？深蹲……腿部彎舉……還有，嗯……」

「再一個！」

「……跑步？」

如果是現在才剛開始運動的人，相信會對這些由英文組成的運動名稱相當頭痛。「cable overhead triceps extension（過頭三頭肌屈舉）」，「straight arm lat pull down（直臂滑輪下拉）」，其實拆開來看的話，這些名字根本一點都不難。cable overhead triceps extension 是指用 cable（纜繩）做出 overhead（過頭）的動作，藉此來對 triceps（三頭肌）進行 extension（鍛鍊）的運動。straight arm lat pull down 中的 arm 是指手臂，straight 是伸直，lat 是 latissimus dorsi（闊背肌），而 pull down 是指下拉的動作。只不過因為上面加了複雜的肌肉英文名稱，因此讓這些運動聽起來就像是摩斯密碼一般。

在我剛運動的前幾個月，其實對運動的名稱並不熟悉，甚至還故意不問教練。因為那個時候，我覺得做好運動比較重要，複雜的運動名稱根本不重要，所以當時我的運動日誌是這樣寫的。

「躺著，腿上上下下」→臥姿抬腿（Lying Leg Raise）。

「雙手握啞鈴，往兩邊舉」→啞鈴側平舉（Side Lateral Raises）。

但是像我這樣紀錄的話，會產生幾個問題。第一個是之後如果想要參考運動日誌來安排重訓菜單的話，很容易搞混。因為我每天都隨興地記錄名稱，像是一樣的啞鈴側平舉，有時候是寫「雙手握啞鈴，往兩邊舉」；有時候卻是寫「雙手舉啞鈴，側邊肩膀運動」。我當初寫日誌是為了複習和記住運動，結果因為這樣的書寫方式，反而作用變得不大。

第二個是很難有系統地複習。雖然我已經花大錢請PT來根據我個人的狀況指導動作，所以教練所說的每一句話當然都是最重要的。不過，偶爾我也會需要找一些資料，像是某些動作應該要把重點放在哪裡，或是其他人在做這個動作時，覺得哪個部分最難之類的。不過因為我不確定運動的名字，因此檢索起來特別困難。

我為了解決這個煩惱，於是去書店買了一本圖解，裡面有各種各樣的運動名稱、原理以及圖示。剛開始我很努力地規定自己每天要看幾頁，不過還是記不住。後來下定決心，至少要在做某一個運動後，回家仔細閱讀該運動的那一頁。

「嗯，今天躺著撲騰了，這是什麼運動呢……？」首先，因為是腳動來動去，應該是腳的運動吧！所以仔細查詢腿部運動，才發現「啊！原來這是彎舉（Leg Curl）啊！因為是將腿彎曲起來，所以叫彎舉啊！」然後五秒過後，我的記憶就會自動刪除。

當然，像這樣因為動了腿，所以就覺得是腿部運動的猜測並不一定完全正確，所以也有很多失敗的案例。像是主要的肩部運動「滑輪下拉」（Lat pull down），我有好長一段時間都以為它是手臂運動。到現在也還是一樣，有一些相當微妙的動作，在一剛開始做的時候，並不能準確地分辨是哪個部位的運動。我不僅頭腦不好，而且背東西的能力很差，因此一個動作差不多都要做到二十次以上，才稍微開始有點記得它的名稱和動作。但是我還是不敢保證，做了二十次之後就能背下運動的名稱。

日本文化批評家東浩紀在《薄弱的連結：探索搜尋關鍵字之旅》（弱いつながり――検索ワードを探す旅）一書中，曾經強調搜尋關鍵字的重要性。他和他的組員連續好幾個月都在搜尋俄羅斯車諾比核災的相關資訊，不過他從研討會上認識的一個研究者身上所得到的資訊，卻比不上他以俄羅斯語直接搜尋五分鐘所找到的資料。可見只要能好好地掌握住關鍵字，就能大幅提升其資訊

的質量。而對運動來說，最基本的關鍵字就是運動名稱，因此，如果能記住運動的名稱，當然是再好不過的。

當然累積了一點「經驗」後，也會遇到一些圖解中沒有的變化式運動。這種時候，就不必再費心地去尋找動作的名稱記下來了。在運動初期，要記住這些複雜的名字很難，因此檢索的這一個步驟，就像是讓我更放心地勇往直前的墊腳石。

萬一現在我正大口吃著肉，教練卻突然叫我起來說出三個下半身運動名稱的話，我想我應該能毫不猶豫地說出五六個吧！但是，即使是這樣，我也不敢說我現在做的姿勢比當時好兩倍。

運動時，不只要學習，還要做，還要記，甚至還要找資料……哪怕做了這麼多事，成果依然和努力不成正比，甚至到底該如何定義成果也很模糊，想來，運動這件事還真是令人難搞呢！

「太認真」過活就會受傷

國中的時候，有一陣子我因為讀韓國企業家兼政治家洪政旭的自傳《七幕七章》而睡不著覺。尤其是讀到他為了讀英文，直接將英文字典按ABC順序整本背下來的部分，讓我受到很大的激勵。因此有一段時間，我都會製作單字卡，不論是搭公車或是去廁所的時候都要看一下，當然這段時間並沒有維持很久。

很多自我開發的書都會傳達一個訊息，那就是在別人睡覺的時候，我們要更加努力。我不知道這個說法是否適用於其他領域，但至少對運動來說，我並不認為這是正確的。運動時努力打腫臉充胖子，一定會受傷。套句正在做混合健身（Cross Fit）的好友說的名言：

「咬緊牙關的瞬間，就是受傷的時刻。」

我在剛開始運動時，因為想快速增加啞鈴的重量，所以每天都會做下半身運動。同時因為感覺到心肺持久力不足，所以每天做完基本運動後，都會再騎一小時自行車。可能是因為要對運動產生興趣真的需要一點時間吧！不知不覺中，我就被淹沒在腎上腺素的洪流中。

下班後立刻就往健身房急速前進，直到十一點健身房關門，迎著涼爽的夜風回家時，我內心充滿著對自己的自豪與喜悅。「竟然能運動到這麼晚，我真的好棒！」對我來說，剩下不到十小時就得要上班的事情，壓根一點都不重要。

然後，突然有一天，我起床時突然發出「啊！」一聲，左邊膝蓋痛到不行。去復健科後，醫師說是膝蓋關節發炎，要我停止運動一段時間。在這之前的一個月，我又是下半身運動，又是跑步機的，簡直忙得不可開交，結果竟然導致這樣的結果，也因此我暗自下定決心，運動絕不能太過頭。

但是，人就是很會遺忘的動物。不久前，我在網路上看到一篇文章，心中的那把火，又立刻被點燃了。作者是一個胸部肌肉比全身肌肉相對不發達的人，她說她不管做什麼運動，結束之後都會做五組胸部運動，最後胸肌變得非常發達，反而成為她最滿意的部位。

讀完這篇文章後，我懷著一腔熱血，在做完主要運動之後，接著做五組我心心念念的引體上升，果然，一個月之後，我又到復健科報到了。

當時，我這呆瓜根本顧不上肩膀已經纏滿了運動膠帶，坐在醫院候診區時，滿腦子只擔心「該不會又不能運動了吧？」其實就在上週，我舉著八公斤的啞鈴，要放到地上時，手指不小心敲到放在一旁的水壺，可想而知，當時也是來復健科報到了。

「今天手指頭又受傷了嗎？」

「不是，這次是肩膀。」

如果好好認真地運動的話，在某種程度上，也能預防運動傷害。我說的好好認真運動，指的是運動前充分地暖身，盡量伸展要運動的部位，運動後也要確實做好緩和運動，同時運動時要注意不要讓膝蓋有過多的負荷等。不過，不管多麼小心，仍有可能會受傷。這不管是專家或是業餘者都是一樣，只是頻率

和程度的差異而已。

韓國書市上有很多「不認真過活也沒關係」這類的心理療癒暢銷書。不過我在運動後所領會到的教訓，與其說是「不認真過活也沒關係」，倒不如說更接近「不可認真過活」。

「不認真過活也沒關係」這句話隱含著「雖然人都應該要認真過活，但是你不想認真過活也沒差」的前提。而「不可認真過活」則沒有這樣的意涵，反倒像是不可以太認真運動，否則會受傷。

對於「認真」一詞究竟是不是正面的詞彙，我也抱持著懷疑的態度。腦海中浮現「認真」這個字，不過是伴隨著某種愉悅感的副詞而已。如果以路人來比喻的話，「認真」就相當於「速度」，並不具備方向性和內容。

認為自己很認真的人，多半都有一種很強的主觀意識認為自己才是對的。也就是說，認真的人不太在乎「旁人的眼光」。這情形在運動上也一樣。因為看了書或是影片，就覺得自己應該要好好努力，也不管自己的身體狀態或體型，硬是排了超過自己能負荷的重訓菜單，像初生之犢一般不顧一切地往前衝。

老實說，其實認真並不難，尤其是當我們積極投入在某件事情的時候。因為一旦開始做之後，那個名為「自我陶醉」糖果的甜蜜滋味，就會讓我們沉溺其中，無法自拔。

還記得我剛成為記者的那段青澀時光，全身上下就像烙印著「認真」兩個字一般，在警局等待出動的時間[1]，時時刻刻都很緊張。當然，現在韓國幾乎沒有這個制度。像是要趁警察不注意的時候，偷偷拿相機拍下看到的調查資料，或是在喪禮現場，為了找到「可能被漏掉的線索」而跑到停屍間去偷偷問家屬問題等。像這樣聽起來就像是連續劇情節一般的事蹟，只要大家到一些常發生事故的地區去看看，其實都經常發生。

然而，很多時候我的「咬緊牙關努力」卻惹出了不少事。還記得那是一個KTV老闆遭殺害的案件。雖然根據警方的調查，不是仇殺，應該是意外殺人。但是我一看到當天的新聞快報，就立刻搭上計程車趕往現場。由於當時被害者家屬也正在搭計程車趕往現場途中。那天我不知道是怎麼了，竟然用身體

1 譯註：指實習記者為了取材而一整天待在警察局的實習過程。

去擋住家屬搭的車，然後詢問他們情況。為了阻止家屬關門，手還差點被夾到，而我卻把這個當作是「認真」的證據而沾沾自喜，甚至還在其他記者的目光下，故意以高亢的語調打電話向前輩報告剛剛打聽到的事。

不過，掛上電話後，我握著手冊坐在椅子上放空時，突然感到一陣驚恐。在這之後，我便從其他偉大的記者前輩身上學到了，「認真」其實是有許多不同的面相，而非一股腦兒地未經深思熟慮，就橫衝直撞搶第一。

有一天，當我做完高負重的深蹲後，坐在地上休息，教練對我說：

「你知道在做負重深蹲時，絕對不能做什麼事情嗎？」

「嗯……是彎腰嗎？還是腳底板離開地面？」

「不是，是『閉眼睛』」。

人在集中精神做某件事的時候，總是習慣閉上眼睛。不過，如果要挑戰自己覺得困難的重量時，一旦閉眼睛的話，非常容易失去平衡，也無法客觀地觀察自己身體的動作。所以，我不管再怎麼樣，都會堅持要看鏡中自己的眼睛，和自己對話。

「這張臉看起來就像熟透的番茄一樣啊！到目前為止看起來狀況還不錯！」

「看看你那假裝沒事的樣子，明明膝蓋都抖成那樣了，趕快停下來！」

當然，之後我有好一段時間都為了不閉上眼睛而努力。一直到「不管肩上的槓鈴有多重，就算身體感覺像要爆炸一般，也絕對不能閉眼睛」的這句話深深地刻在我骨子上為止。

「認真」這個詞擁有強大的力量，不過對運動來說，也同樣會帶來相當大的危險。努力無罪，但是要小心因為「認真」而陷入自我陶醉的錯覺中。因為能自我反省與客觀評判的「認真」，和只是一味自我陶醉的「認真」是截然不同的。

每當我因運動而受傷時，都會再次體會到這個事實。而在我快要遺忘時，

身體的疼痛就會適時地出現，就像是身體已經記取了這個教訓，因此反覆地叮嚀我「不要太認真」一樣。

規畫分區重訓菜單的困擾

在韓國健身相關的社團中常出現這樣的內容，諸如「請幫忙看看健身新手的二分區重訓菜單」或是「我想要一周運動五次的話，三分區重訓菜單適合我嗎？」N分區重訓菜單就是將身體拆解分成N個區塊來鍛鍊的意思。

舉例來說，「三分區重訓菜單」就是將身體分成「下半身、手臂＋背、胸＋肩膀」等三個區塊來鍛鍊。分成三個區塊後，再訂下每個區塊應該要做什麼樣的運動、次數與重量，來排成重訓菜單。

如果要說健身與其他運動最大的不同點，或許就是必須「自己排重訓菜單來運動」這一點吧！對初學者來說，排重訓菜單的方法更是令人頭痛。老實說，「不知道該怎麼排重訓菜單」，其實就等於是「想去運動但是不知道該怎麼運動」的意思。

當然，其他的運動也是一樣，如果熟練之後，自主訓練的時間就會變長。

不過，健身基本上而言，與瑜珈、芭蕾和皮拉提斯等需要跟著老師學習的運動不同，只要不找PT，那麼就必須自己規畫當天要做的運動項目。

要訂定自己的重訓菜單，即使是對已經跟著PT學過一段時間的人來說也是相當困難的事。雖然在接受指導的期間，多半是由教練幫我們排重訓菜單，不過教練們並不會告訴我們他是如何排定重訓菜單的。理由有兩個：一是因為排重訓菜單需要根據每個人的狀態來擬定，何況量身打造本來就是一件非常困難的事情，如果硬要說明的話，初學者可能無法負荷這麼龐大的資訊量；二是基於生意考量，教練不會特別教授排法，希望藉此吸引學員可以持續報名練習。

我的情況也一樣，在決定結束PT開始自主訓練後，就一直困擾著排重訓菜單這件事。雖然我也常看很多健身影片、去圖書館找運動相關書籍來學習運動原理，但還是無法排出一個像樣的重訓菜單。如果換成是連運動名稱都搞不太清楚的初學者的話，光是網路上或是書上的重訓菜單就足夠令他們一個頭兩個大了。因為這些對運動的人來說都已經滾瓜爛熟的運動名稱，在初學者眼中看起來就像是用華麗的英文寫成的「某某四組」、「某某三組」一樣，根本不懂其中的意義。

不過，其實大家對排重訓菜單這件事不需要過度費心，以免綁手綁腳，本末倒置。雖然有系統的計畫很重要，但卻也沒有大家想像中的那樣重要。

當然，以考生為例，如果能得到江南地區王牌補習班老師的指導，的確就比較容易考個好成績，不過大家也不會因為排不出頂尖的讀書計畫表而感到挫折。如果說一般學生都能排出像補習班老師一樣的讀書計畫表，那建議大家根本不要考指考，直接當補教老師還比較有前途。

雖然說運動應該對健康、營養、身體平衡與受傷等多方面進行全盤的評估，因此找ＰＴ是最理想的。但如果情況不允許的話，那不妨就抱著「即便是自己自主訓練，雖然不求滿分，但求有一半功效就好」的心態即可。

數學成績四十分的人，真的有必要硬是照著九十五分的人的讀書計畫表來讀書嗎？如果照著不合適的重訓菜單來運動，反而可能導致在運動過程中受傷或過度運動的危險，而且一份好的重訓菜單，並不是定義運動做得好的萬靈丹。就算現在從天上掉下了一份超完美的訓練重訓菜單，但是如果你做深蹲時過度前傾，就會導致腰部受傷；或是做仰臥推舉時只運動肩膀的話，再完美的重訓菜單又有什麼用呢？

那些在健身書和影片上找好完美的重訓菜單，並開始投入訓練的人，一定會立刻碰壁，感受到現實與想像的差異。舉例來說，會發生諸如下列的事情：

1 想要趕快做完二頭肌的運動，接著利用器材做三頭肌屈舉來鍛鍊三頭肌，沒想到有一個老爺爺坐在你想用的器材上，做了三十分鐘的徒手體操。

2 想以仰臥推舉作為訓練胸肌的開始，但是有人把唯一的重訓椅當作長凳，坐在上面看影片。

3 想要做書上的哈克深蹲（Hack squart）與瘦大腿的訓練，但是健身房卻沒有做這些動作的器材。

我雖然會根據每天的狀態來排定一個概略的重訓菜單，不過老實說，如果是到人很多的運動中心的話，其實很難可以照著自己排定的重訓菜單來進行訓練。因為無法按照重訓菜單來確實執行的理由，就像 π 以下的小數點一樣多。對於運動經驗豐富的人而言，即使是在人潮眾多的社區公園內的運動器材區，也只能視情況來做一些應用動作的調整。

即使沒有完美的重訓菜單，但只要能好好地仔細檢視自己的運動，了解自己要刺激鍛鍊的肌肉位置的話，長期下來，就能發現自己的努力並不會白費。可能在不知不覺中，就像我一樣擁有了「腿勁」。

我在開始自主訓練之前，就根據各個肌肉間的抗阻關係、延遲性肌肉痛的持續期間與平衡等，排定了五種基本重訓菜單。我清楚知道重要的並不是重訓菜單，而是實際到了健身房後，舉起啞鈴時，我的身體所發出的聲音。就算什麼都不知道，到了健身房後，不管是什麼樣的動作都願意挑戰看看，這樣持續下來，一定能找到最適合自己的運動。

新的一年，我打算不在運動日誌上記錄重訓菜單，而想改成這樣寫：

一天吃雞胸肉一百克。

以三分區重訓菜單鍛鍊為基礎，一周最少去健身房四次。

還有最後是，

安全第一。

不知不覺間，我也開始放飛自我

其實，我算是很會看人臉色的。雖然有時候看起來挺豁達的，但老實說多半是因為後知後覺所造成的達觀假象，或是少數拚命克服內心小心翼翼後的結果。

那是前幾年我去搖滾音樂祭發生的事情。當時我正邊走邊用吸管喝著雞尾酒，耳邊聽著電子音樂，不知不覺就跟著節拍跳了起來，然後走到了舞台邊。

我這一輩子都沒學過跳舞，如果硬要算的話，大概只有國小時跟大家一起在操場上跳過以韓國童謠改編的小恐龍韻律體操。當我驚覺到自己竟然走到舞台區的瞬間，快要淹沒腦袋的酒精突然蒸發殆盡了。但因為酒勁和氣氛使然，我想說既然來了就豁出去，大膽跳一下吧！所以我踩著吉魯巴的舞步，冷汗直流地跳著舞時，突然有一個外國人出現在我面前。

他是個從遙遠的國家來到東方國度，極其熱愛搖滾樂的碧眼 HIPSTER。我在驚慌之下對他說了一句「ＳＯＲＲＹ」，然後就立刻低著頭逃跑，就像是打破窗戶被老師發現的學生一樣。後來對一起去的朋友說起這件事，朋友笑說：「你幹嘛不說你要去廁所就好了？」如果當時那個人覺得我是要去廁所，可能我還比較不丟臉吧！

在工作上這樣的事蹟也不少。雖然當了N年記者了，但到現在我還是覺得那些能在各類發布會、記者會等人多的地方第一個舉手發言的人很厲害。我總是手上緊緊握著寫著密密麻麻問題的筆記，滿腦子只想著這個提問，會不會讓大家覺得「什麼爛記者連這個都不知道！」或「這是蠢蛋才會提出的問題吧！」然後，等到聽見「現在進行最後一個提問～」時，才急急忙忙地舉手發問。這樣的我，去到健身房簡直不是開玩笑的。

很多初學者到了健身房會裹足不前。尤其是女生從 GXROOM 中走出來後，看到男女比例簡直就跟男湯一樣的重訓區時，真的很難踏出那一步。我一開始也覺得自己能做到，但實際要踏進去，還是覺得困難。

重訓區對女生來說，真的是個可怕的地方。到處都是和我體重差不多的啞鈴，還有一些看了搞不清楚到底是要放手還是放腳的器材排排站著。再加上有

一些體格壯碩的男生在那裡熱火朝天地運動著，嘴裡發出一些不知道是呻吟還是用力的助興感嘆詞，感覺踏進重訓區真的比身處躲避球場還難。

當然，也會有一些人根本就不在意這些，一心專注於「放飛自我」的運動世界中，但是我卻不是其中之一。我剛開始運動的地方是一對一會員制的健身會館，雖然這樣的運動門檻並不高，不過我開始在健身房進行自主訓練，是在開始運動的四個月後。理由只有一個，那就是膽小。

想要輕輕鬆鬆地去健身房，實在太難了。因為我在意的東西很多，其中最重要的就是，我對運動真的很不在行。只要我把煩惱跟周圍的人說，總是會得到這樣的答案：「運動差又怎樣，本來就是去學運動的啊！」雖然這話說得沒錯，但是會說這種話的人，幾乎都是很會運動的人。

還有，大家也都會說：「拜託，誰會看你啊！大家忙著做自己的運動都來不及了。」但說實話，其實大家都會看。因為大家都必須在那狹小的空間中運動，所以難免會因為動線或是使用的輔助器材順序的關係，而免不了要和對方狹路相逢。

K書中心和健身房的最大差異就是，前者無法光憑外表看出實力，而後者大家卻能一眼就看出彼此的實力差距。健身房就像是電玩遊戲世界一般，每個人的頭上彷彿都寫著等級和體力值。像是體格或是運動經歷都多多少少能藉由動作看得出來，不像一天到晚坐著唸書的學生，從臉上看不出是一級還是八級。

大家不妨想像一下，如果你旁邊的人已經在用心算來計算三角函數，而你卻還在分數加減的世界中匍匐前進的話，大家真的能毫不在乎嗎？加上大家本來就喜歡對年輕女生品頭論足，現年三十歲的我，對這些目光已經很熟悉了。所以我要以女子之身，加上還是百分百運動初學者的姿態來踏入重訓區，真的非常不容易。

剛開始時，哪怕是繳了高額的健身房使用費，也不太敢在那裡運動，反而是另外買了組合式的單槓提腿訓練架（chinning dipping），還有伏地挺身器、一到五公斤的啞鈴組及重訓椅等在家中運動。這就像是花大錢訂了高級K書中心的位子，卻把書和毯子放在家裡一樣。雖然我是言出必行的人，在家裡也會好好做，但是在家裡運動的集中力確實比較差。

後來我就閉上眼睛，不管三七二十一地去健身房堅持了一兩天，然後情況

就慢慢地改變了。本來我只是想要去跑跑步機，結果真正進去健身房裡，也就順便複習一下之前在影片中看過或是學過的運動，沒想到真的開始逐漸地熟悉運動了，而且偶爾還能詢問教練問題。不會運動的優點就是，有時教練會用一種看不定時炸彈的眼光來看我。

因為會看別人的臉色，對我或多或少有些幫助。因為不想被大家品頭論足，更不想看別人的臉色，就更加刻苦地學習。就運動而言，只要有強烈的意志，就不會迷失方向。因此就某方面來說，看人臉色對運動來說，還是帶有肯定意義的。

持續運動後，我有兩點領會：

1 沒有任何人能干涉別人的運動做法。

2 重量並不等同於實力。

首先，現在好不容易才要脫離運動幼幼班程度的我，慢慢發覺現在所學的動作，逐漸脫離原本書上的知識；尤其是為了考資格證時需要牢牢背下來的動作，在實際運動時根本不可能照著做。

比如說，像是躺在訓練背部的訓練器上做肩膀的運動，或是坐在需要雙手往前推的機材前，只用單手推動；甚至是為了盡可能達到舒緩肌肉的效果而故意放鬆核心肌群等，這些非正規的動作，都是為了讓肌肉獲得更大的刺激。

運動的做法因人而異，沒有絕對的正確答案。雖然有些人會因為擔心你受傷而給予一些建議，但是如果他本身不是教練的話，其實當耳邊風聽聽即可。運動難免會受點傷。疼痛就是姿勢錯誤或是受傷的信號，只要不到要送醫的程度，都是自己可以調整的。

希望大家也盡量不要亂給其他人建議。因為每個人都能從自己的錯誤中慢慢去找出最適合自己體型的最佳姿勢。只要不是對疼痛過於遲鈍的人，應該都能透過這些小小的疼痛來矯正姿勢，最後做出正確的姿勢。所以說，如果有人給你建議，其實你也不需太過在意。

接著，我有另一個體會，對女生初學者來說特別有用，那就是不要因為訓練的重量太輕而感到丟臉。剛開始運動時，我一個人舉著三公斤的啞鈴已經抖到不行，當我看到前面的男生做著跟我一樣的動作，卻舉著十五公斤的啞鈴時，一時之間所有運動熱情完全消失。因為我光是舉著三公斤的啞鈴已經一副

要死不活的樣子了，而對方最少有我五倍以上的實力。

但是，如果你的目標並不是要舉多重的話，其實對健美健身來說，重量並沒有什麼太大的意義。首先，根據你要鍛鍊的部位不同，重量也會不同。因為對健美健身來說，高強度運動的最大目標在於給予鍛鍊部位準確且微細的刺激。健身方式的運動與其他強調力量和瞬間爆發力的訓練相比，因為是將肌肉部位分區鍛鍊，因此可以在不受傷的情況下達到打造均勻健美肌肉的目標。雖然我們沒必要把目標訂得像健美選手一樣高，但是一樣能慢慢地鍛鍊虛弱的部位，以期達到全身肌肉均勻地成長，因此健美選手般的訓練對初學者來說也是相當不錯的鍛鍊方式。看到舉了十五公斤啞鈴的人，不用膽怯，就想著因為那個人塊頭很大就好。

體格越是壯碩的人，為了達到刺激肌肉的效果，不得不設定較高的重量。而對我的體型和體重來說，三公斤是正確的。我的體重才五十公斤而已，實在沒必要因為看到光是肌肉量就已經四到五十公斤的人就自卑膽怯。更不需要因為在乎周圍的視線而硬要舉超過自己能力的重量，這樣跟虐待自己有什麼不同！

如果你想用較小的重量來鍛鍊較微細的部位的話，不管舉的重量再輕都不能大意。至少對訓練健美健身的方式來說，只在乎重量這概念已經落伍了。

雖然說，在日常生活中，我依然以自己的小心謹慎而自豪，然而在健身房中，卻不知不覺地會「放飛自我」。一直在乎別人的臉色也沒關係，初學者本來或多或少都會要看點別人的臉色的。「放飛自我」更不是天生的，而是經過學習後變得熟練，進而產生了實力與信心，才能產生這樣的膽識與心境。為了期待能徹底放飛自我的那天到來，我們先踏出第一步吧！

心情爆差的日子，反而訓練的狀態最好

躺在重訓椅上看著天空，暫時閉上眼睛，再次深呼吸。打開閉塞的胸腔，讓空氣填滿下胸。雙肩往後向下，就像是紮根在重訓椅上，雙手緊緊地抓著槓子。然後發出「呼～」一聲，讓槓鈴下壓到胸口，讓胸口承受槓鈴重量，接著用盡全力將槓鈴往上舉。當我輕巧地舉了四十公斤的重量，教練拍著手對我說：

「哇！你身體裡的肝醣真不是蓋的。今天狀態很好呢！晚餐吃牛肉了嗎？」

聽完教練的話之後，我的表情相當五味雜陳，在心裡這樣回答：

「教練，別說是牛肉了，我忙到連吃晚餐的時間都沒有，只急急忙忙啃了兩條硬梆梆的巧克力棒，而且昨天只睡了四、五個小時而已。」

前一晚，我因為喝酒而睡不好。老實說，一直以來我都會盡可能不在壓力大的時候去運動。因為憑藉著一股傲氣來做運動的話，常常會受傷。而且如果只顧著運動而沒有充分地休息，對肌肉的成長也沒有幫助。

不過，我最近驚覺，以前之所以能做這樣的決定，也只是因為那陣子比較不忙而已。如果真的忙到昏天暗地的話，想堅持下去運動根本是不可能的。因為如果睡不好、喝酒或是壓力大就不去運動的話，那麼可能最少會超過一兩個月無法運動。比起不去運動，應該還是去比較好吧！因此我下定決心，即使再怎麼忙，也要抽空去健身房。但在那段忙碌的期間，即便加上周日，一周也才不過去了兩次而已。而被教練戲稱是吃了牛肉的那天，我還加班到超過九點，拖著疲憊的身軀去健身房活動一下身體。

不過那天，我不只是身體的狀況不佳，連情緒也是低到谷底。工作五年多的我，第一次在無人的會議室中抱著電話哭了。因為我有一個非常想做好的專

案失敗了。

工作這麼多年，好久沒有出現我想要做的一個專案，結果從方案B一直到方案E竟然都被打回票，等於這一個禮拜都白忙了，而且還伴隨著深深的無力感。

在身體身心俱疲的情況下，去到健身房，勉強活動跟老舊的門板一樣一動就會吱吱叫的關節，活動完筋骨後，打算要做滑輪下拉，因此才坐在重訓椅上。雙手穿進拉力器中，抓住把手用力往下拉的瞬間，感覺滿滿的委屈大爆發。那瞬間，我感覺委屈的呼吸聲都要壓制過喧鬧的健身房背景音樂。

「委屈，超委屈。超悶。好難過。想哭。真氣人，我怎麼就這麼一事無成呢？」

就在我腦中充斥著這些雜亂的想法時，突然閃過一句話：

「我可以做到。這個我可以做到！」

火花在我的眼前砰然綻放，剎那間，我感覺到彷彿結冰一樣的肌肉也跟著火花的火種慢慢地被點燃。我緊握住把手，手肘向後用力，感覺闊背肌收緊後又再次伸展開來。像以身體的肌肉來承受重量這般單純的事情，是只要咬緊牙根的話就能做到的，只要做了就會有反應。不需要一整天都抱著根本不會響的電話而氣餒，也不需為了怎樣找都找不到的資料而焦頭爛額。就這樣咬緊牙根，將精神集中在自己的身體上，在這短短的時間中，至少能忘記這一切的不順。

本來最近因為這案子，煩惱到都睡不好，但是現在就像是被汗水洗滌過一般，渾身都很暢快。在這種時候，什麼要透過運動來提升體力或是增加肌肉量的事情，也全部被我拋諸腦後。當我舉起重重的桿子時，身體的每一寸肌肉都在叫囂著它們的存在，這比一整天坐在電腦桌前，只用手指握著筆桿在紙上抄抄寫寫，在運動的當下反而感覺到自己真的非常了不起。

所謂「狀態很好」，或許並不是指「事事都完美」。令人哭笑不得的是，在我沒一件事情順心的時候；心情就像堵塞的排水孔一樣煩悶的時候，反而運動狀態最好。真的是很令人傻眼。因為我本身不論是體力或肌力都不算好，平

時也都憑著一股傲氣來推動槓鈴，但是當我壓力大時，一進入健身房，好像所有的傲氣都化為力量一般。原來，傲氣有時會讓人為惡，有時卻也會成為人的救贖。

三天後，這些讓我煩到不行的事情卻神奇地陸續被解決了。我撒出去的種子中，有幾個出現發芽的曙光。

我就像是被運動打開封印的超級賽亞人一般，把在我面前的阻礙都一一粉碎。生活總是充滿「高低起伏」，當你到達生命的低谷時，下面有個小踏板和什麼都沒有的差異非常大。對我來說，「低谷」大部分都和非我意志所能為的事情有關。而在這種時候，能夠完成一個小小的事情，讓我感受到小小的成就，就是相當大的安慰。

當你覺得事事不如意的時候，覺得這世界還會比現在更糟的時候，有能讓你暫時投入其中，忘卻這些事情的活動是相當重要的。不論是能讓心靈沉靜下來的刺繡、樂器演奏、舞蹈或是料理都可以。而對我來說，那就是運動。

什麼，你搞不清楚 Before 和 After？

說到「健身房的傳單」，你會想到什麼呢？不知道會不會是上面有印著 Before 和 After 的照片呢？

一個有著像熊寶寶般凸起小肚子的人，經過一個箭頭，卻變成了一個身材一級棒的人。就像是用魔法棒輕輕一揮，把渾身灰塵的灰姑娘變成了美麗的仙杜瑞拉一般。然後，照片中的教練插著腰，目光十分銳利，就像在看著我們說：「只要繳錢，除了臉，全身我都能幫你改變！」

重要的是，這些傳單所宣傳的效果根本就過度誇大。因為如果要說運動效率的話，我覺得運動就像是不只不給你最低薪資，反而還想把你存摺裡的錢都搶光光的人一樣。如果肌肉真的能怎麼運動怎麼長，甚至變得力大無窮的話，那麼，我應該就不會在這裡寫跟運動有關的文章了。因為如果只要練了就一定會長出肌肉，那我幹嘛要趴在這裡寫這些根本不知道會不會有人看，又毫無效

率的碎唸文章，有空的話，還不如多做一次深蹲來得實際呢！

那麼，又是什麼支撐我一直做「沒有成果的運動」呢？答案很簡單。那就是「沒有目標」。

首先，我一開始就不是為了改變身材而運動。因此，哪怕我已經運動超過三年了，其實身形也沒有多大的變化。如果把健身房傳單中，健身三個月的Before和After的照片，拿來和我運動三年的Before和After的照片比一比的話，可能會分不清楚到底哪個是運動三個月？哪個是運動了三年。不幸中的大幸是，這還不至於會讓大家分不清哪張是Before，哪張是After。

雖然說肉眼可見的成果令人歡喜，不過如果要維持那樣的身體狀態，其實就脫離了健康的範疇。像我們也會開玩笑說健美先生的身材不是脂肪型肥胖，而是打造蛋白質肥胖的過程。為了要創造那樣的身材，每天都需要補充蛋白質來幫助消除脂肪。姑且不論這樣打造出來的身材能維持多久，光是為了維持這樣的身材，需要過什麼樣的日子，就不是一般人能想像得到的。就像是選手們的訓練也有賽期和非賽期之分，一般人想要維持那樣的體型簡直是不可能的。

就運動而言，比起目標，更重要的是建立自己想要的生活。因為目標只是個參考而已。我們不是以運動作為職業的人，只是為了生活所需的活力而去借助運動這項道具。雖然說為了達成某項目標的自我克制力也非常重要，但卻不需讓目標成為生活的絕對基準。

我其實有一段時間壓力很大，因為總想要做得更好。雖然沒有要參加比賽，但也想聽到別人稱讚說：「其實你這樣已經可以去參加比賽了！」尤其在對運動產生了興趣之後更是如此。週末也會去其他的健身房，購買一日使用券來運動；聽到館長說他每天都吃一公斤的雞胸肉，在我驚訝得目瞪口呆之際，也下定決心至少一天要吃一包。

然後，有一天我突然想起，自己當初是為了什麼而運動的呢？我又想透過運動來得到什麼呢？雖然這是個基本問題，但如果想要持續運動下去，卻是不得不捫心自問的問題。我想要的是肌肉能更有力量，能在日常生活中更有活力，藉以體驗能靈活控制身體的感覺。

我想要的不是肌肉突然變大，而是能長長久久地擁有它。當然這一切都必須建立在盡可能不受傷的前提下。今天能比昨天再健康一點，就是我現在的目標。

因為抱持這樣的心態與目標來運動，後來不免常聽到周圍的人說：「你好像運動蠻久了，但身形好像沒什麼變化！」他們說的確實是對的，並不是因為我穿著衣服所以看不出來的緣故。因為我喜歡的是運動這件事，雖然運動強度也算強，不過都還是在「盡可能不受傷」的原則下運動，並不是抱持一個階段性的短程目標來運動的，所以運動的成果看起來就不太明顯。雖然我也不知道所謂的運動成果，到底該由誰來判斷才正確。

我認為，要讓運動成為生活的一部分，最重要的是必須把運動當成一種習慣，而不是一種特別的活動。它不該是個三個月快速打造好身材的短期訓練，而應該是一個三十年的生活企劃，不論是花大錢請PT或是自主訓練也一樣，運動完全是個人的事情，沒有任何人能替你做。

運動時的自律，不一定是種手段，有時也可以是個目標。我覺得，好像只有重訓和健身才會特別強調這樣的目標，就像是我們並不會問喜歡打羽毛球的人說，目標是打壞幾顆羽毛球；或是去問興趣是占卜的人說，你預計要算幾個人一樣。

雖然聽起來有點變態，不過我相信，還是有像我一樣單純喜歡健身而去運動的人。這件事我可以好好做個幾十年都不是問題。這就是我唯一的目標。即使現在已經迎來第四次產業革命的時代，不過目前看起來，健身房並沒有要消失的徵兆，所以我只要好好下定決心的話，就不用擔心無法去健身房運動。

CHAPTER 5

我其實是個「懶惰的」運動者

☆一到周末，我整個人幾乎就跟一灘爛泥一樣。我可以打包票跟大家說，在過去三年的運動生活中，我從來沒有在早晨運動過；到現在我依然沉醉在賴床的世界中，而且一樣喜歡看連續劇。

然而，一旦以輕鬆的心情開始運動的話，總有一天，我的身體會像寫作時移動的筆桿一般自然而然地動起來。那個時候，不管是要想著家裡的冰淇淋還是運動，誰管得著呢？

雖然我有勤奮地運動，但也很懶惰

「芝媛啊！雖然今天是周末，但你也該起床了吧！太陽都曬屁股了！」媽媽的聲音讓我差點又再度飛到九霄雲外的意識稍稍回神。我其實已經睜開眼睛了，只是還沒起床而已。眼看時針已經轉了一圈，像黃金一般珍貴的周末竟然已經過了一大半，多麼殘酷的事實啊！我整個人還在半夢半醒的狀態下，突然瞥見放在一旁的手機，上面還持續播放著我昨天一邊打呵欠，一邊看到淚濕枕頭的 Netflix 連續劇。

不管看的人是大白天還躺在床上，或是用鼻孔吃飯；總之，連續劇中打算炸掉倫敦的恐怖組織一樣有條不紊地進行著他們的計畫，主角們依然忙碌。因為上司的計謀而痛失親密夥伴的主角則哽咽著哭喊：「你怎麼可以這樣？怎麼可以！」

這時，某金姓女子（三十歲，單身，懶蟲）的雙腿還捲在棉被中，下半身都和床融合在一起，大叫著：「唉～幹嘛啦！周末本來就可以睡久一點啊！」

大家對運動的人都有一種根深蒂固的偏見，其中最常被誤解的就是認為他們都是相當精進且勤勞的人。所謂的偏見，其實就是某部分是對的，某部分是錯的。

從排除萬難擠出運動的時間這一點來看，因為這些特定時間已經固定被運動排滿了，因此在日常生活中難免會出現一些麻煩。假設包含周末，一周去運動四次，一次運動三小時的話，那麼花在運動上的時間就有十二小時。再加上睡覺的時間、吃飯的時間、在公司度過的時間等，一天的行程幾乎很難多做調整。

但是，擠出時間來運動並不是勤勞的指標。假設有一個人一週花十二小時看連續劇，或是去夜店的話，相信不會有人說他們精進且勤勞。

那麼為什麼會覺得運動的人就是精進呢？難道是因為他們立下目標來鍛鍊的關係嗎？在我這種不務正業的運動者看來，其實這只是典型的「過度菁英主義」錯覺。就像是大家覺得這世界上所有研究生都夢想能得到諾貝爾獎，所以

每天晚上都待在實驗室裡面點榨醬麵來吃一樣。

一般人透過媒體所認識的運動員，大部分都是為了拚那〇．一公分或〇．〇一秒而犧牲自我的菁英。雖然就一個半路出家的上班族來說，我已經算是蠻認真運動的了，不過不論是以前還是現在，我的目標都是不受傷，然後希望能長長久久地運動下去。雖說也是有訂立目標來鍛鍊，不過目標和鍛鍊之間並沒有直接的關連。

還有，運動員給人的禁慾形象，很有可能是一種誤會。當然，為了鍛鍊和成長，勢必要放棄某些東西。像是為了維持體重，無法隨心所欲地吃巧克力麵包或炒年糕；還有，因為喝酒會影響隔天的運動，因此也要控制酒精的攝取量。不過，像這些情況幾乎都是為了追求速效，想要在一個月內減下十公斤而來健身房的人，或是職業運動選手才會遇到的情形，並不是想要保持長期運動習慣的人的情況。不管是誰，絕對都沒辦法為了鍛鍊肌肉，逼自己每天三餐都只吃雞胸肉、杏仁、地瓜和小番茄，然後每周運動四次以上，持續這種情況不間斷的。

老實說，我在開始運動後，的確有減少喝酒的頻率。不過，那並不能說是為了運動而犧牲喝酒，只能說是因為我覺得運動比喝酒來得有趣，因此才少喝而已。還有，隨著年紀增長，喝酒過後會出現的腸躁症和胃酸逆流的症狀也讓我覺得不舒服，所以才變得比較少喝酒。至於飲食，因為運動後就會餓，或是餓的話就沒有力氣去運動，所以現在的我依然過著一邊吃巧克力麵包和炒年糕，一邊努力運動的生活。

最近我讀到一個年輕CEO的訪談，他清晨起床後就去健身房運動，之後便開始一天以英文為主的工作，下班後要參加社團活動，此外還要花時間經營人脈與學樂器等。我覺得光是看到他那密密麻麻的行事曆都快要昏倒了。

我並不是一個有很多能量的人，因此我「只」能做運動而已。就像前面所說的，一到周末，我整個人幾乎就跟一灘爛泥一樣。我可以打包票跟大家說，在過去三年的運動生活中，我從來沒有在早晨運動過；到現在我依然沉醉在賴床的世界中，而且一樣喜歡看連續劇。

假設我所擁有的能量積木是十個，那麼過去的我，大概會花三個在戀愛，剩下三個是看電影或寫文章，最後四個是工作；而現在的我，大概有四到五個是用在運動上，但我不曾也不會努力去增加我的總積木量。雖然一開始的時

候，為了讓運動變成一種習慣，的確需要用多一點的積木，不過等到運動漸漸變成生活中的一部分後，使用積木的數量就會慢慢減少了。

所以，我從來不覺得之前放棄的事情是犧牲。我只是在有限的時間內，做能讓自己覺得幸福的事情而已。如果有一天真的覺得好像因為運動而犧牲了生活的話，那就當天暫時不要去運動，改去看場電影就好了。其實我是個懶惰的運動狂，如果因為這樣做能讓我多運動個幾年的話，即便有一天偷懶，沒強迫自己去運動也沒關係。

運動也可以像打開 Netflix 看到睡著一樣，只是一種習慣而已，稍微偷懶一點也無妨。運動不是百分百禁慾與嚴格自我克制的代名詞，也不是當開始運動後，就只能抱著一箱地瓜和雞胸肉過活。一旦有了這樣的想法，反而只會讓想開始運動的人更加裹足不前而已。

之前我曾經在一本書中看過這樣的內容。

不要對自己說「從星期三早上十點開始寫作」，而要把這句話從腦海中清除……盡可能趕快開始作業，然後在作業過程中，只傾注最少的關注。

——杜羅瑟亞．布蘭德（Dorothea Brande），《作家心法》（*becoming a writer*）

現在，我為了將運動變成一種習慣，正對我曾付出的所有努力傾注「最少的關注」。一旦以輕鬆的心情開始運動的話，總有一天，我的身體會像寫作時移動的筆桿一般自然而然地動起來。那個時候，不管是要想著家裡的冰淇淋還是運動，誰管得著呢？

透過考證照，開啟另一個不同的視野

對我來說，健身不完全是運動，應該說一半是運動，一半是學習。因為我是不會運動的人，因此更需要好好學習。

我在二〇一八年取得生活體育指導員（健身項目）的資格。簡單來說，這個資格證就是由韓國文化體育觀光部直接核發唯一和生活體育相關的資格證，所以必須通過筆試、口試、術科和實習才能頒發。雖然說這個證照並不算難考，不過若是想成為正式合格的健身教練的話，一定得要有它才行。

那麼，我這個運動白痴，又是怎麼會走到考證照的這一條路呢？讓我們將時鐘轉回到我開始運動差不多六個月的時候。

當時的我不只努力寫運動日誌，還買了很多運動相關書籍回來看，連小小的運動資訊都想瘋狂收集的狀態。

那時也看了非常多的 YouTube 影片，其中有必做的一百個運動，和絕對不能做的一百個運動的影片，但問題是，有些動作會同時出現在這兩支影片中。比如說，有人將深蹲放入「絕對不能做」的運動名單中，也會有人將深蹲放進「只要做這個，就不用做其他的動作」的名單中。甚至會有一些影片強調「每天投資三分鐘，擁有六塊肌不是夢」，看到這樣的影片，真的就跟看到寫著「省下咖啡錢，就能買下江南區公寓」的傳單一樣覺得無言。沒錯，是可以買到公寓，但差不多要存二十五個世紀吧！

看了這些東西後，我變得想要學得更有系統一些，至少要培養出能判斷這些資訊是真是假的能力。何況如果想要繼續運動下去的話，像是解剖學、營養學等都是必備知識，而且在管理自己的身體時也用得著。正當我在搜尋能有系統地學習運動的方法時，便發現這個資格證的存在。

從事記者工作最大的優點（？），應該就是遇事情都有抽絲剝繭的習慣。這並不是說因為我很熟悉某個領域，所以就一定能寫出很好的報導；反之，在寫不熟領域的報導時，雖然有段時間會很痛苦，不過哭著擠出文字後，偶爾也是會寫出自己想一看再看的報導。有過幾次這樣的經驗後，「做就對了」就變成了我的座右銘。既然都已經報名了，就算一邊哭也得一邊好好準備。

還有另一個理由就是，隨著年紀的增長，閒暇時間的比重好像變大了。年輕時，就算整個假日都用來睡覺也不覺得可惜，但是現在的周末如果有一半的時間是在睡覺的話，就會覺得很憂鬱。扣除工作、上稿的時間外，我能投注在興趣上的時間很有限，因為起步算是比較晚，所以更希望能快點有所成就。

或許，大家可能會覺得這是結果主義者的性格反映在生活中的樣態，然而我必須澄清，這是個誤會。我的「結果主義」從小開始就只針對自己喜歡的領域。舉例來說，當時我在準備就業的時候，因為死都不想再考多益，因此乾脆列了一整頁的電影清單，在那段時間拚命看國外電影訓練英文聽力。

最後一個原因，應該就是對附加成果的期待吧！雖然我不覺得考上證照就能立刻改變生活，但是從筆試、術科一直到實習，莫約需要半年的時間，而在準備證照的這段期間所能學得的東西，也是我期待獲得的寶貴知識。因為我算是比較早投入考試準備的，所以可以選擇比較難得分的「運動生理學」與「運動力學」作為考試科目。在學習過程中，只要有不懂的都能隨時找資料，並且做成筆記。我做這些筆記的用途不只是幫助準備考試，更是以後運動時能用到的知識。

即使現在考試已經結束，我也很難說我的知識或是運動實力有多大的進步。但是，考照之前和之後的我，確實有著明顯的差異。像是對於「以後能長久地，有系統地運動」這點更加有信心，更在乎運動的質量，並且也稍微長出一點肌肉。

還有，能描述自己的詞彙也變得不同了。以前是「健身資歷一年的人」，現在則成了「健身後竟然還拿到證照的人」。其實，這證照對於我這種並不打算當健身教練的人來說，不過只是一張紙而已，但是這薄薄的一張紙，卻能改變我的心態。因此，取得證照對我來說，的確是邁入下一個階段的樞紐。

「這個證照的價值不是由證照本身決定，而是由各位決定。這證照的價值，將隨著大家考上證照後的作為而異。」

這是在上理論實習課時，授課教授說的話。當時正是炎熱的大夏天，本來我正因為要犧牲整個周末來上課而覺得內心沉重，雖然只是一句很常聽到的話，卻在聽到這句話的瞬間，突然覺得心裡的某個角落彷彿熱血沸騰了起來。

就算大家未來不考證照也沒關係，或是當作興趣並訂下一個可達成的目標也無妨。一步一腳印，這些足跡都將成為把運動化為興趣的助力。尤其是對像健身這麼「無趣」的事情來說，更顯珍貴。

打招呼要有運動人的氣概

考試當天，偏偏一早就下起了大雨。從我家到考場要花三個小時。運動鞋裡的襪子已經濕透了，讓我渾身都不對勁，整個腳趾都像浸泡在結冰水般不舒服。眼看就快要輪到我，但是腳底下的濕氣卻越來越明顯。這個時候便聽見，

「下一位，編號００××號，請進。」

本來半個屁股端坐在鐵製板凳上的我一聽到這聲音猛然站起。就像剛做完下半身運動的隔天一般，以略帶不自然感的蹣跚姿勢前進。稍早曾經因為緊張而去了廁所一趟，在那兒遇見了現在坐在我旁邊的女生，兩人曾有稍微點頭致意了一下。此時她微微握起拳頭，對我說著：「加油！」我也一邊點頭一邊對她說：「加油」，但我發出的聲音，應該是我出社會後力道最不足的一次加油吧！

在推門進入考場之前，我再次深呼吸，然後將手放在丹田，一副就像是孫悟空在說：「地球人啊！請給我力量！」一般。

「你好！我是編號００××金芝媛！請多多指教！」

現在想來，我覺得如果我是小心謹慎的性格的話，說不定會放棄考試也說不定。因為我連考什麼都不知道就先去報考了，然後有一天下班時，無意間看到考試訊息，霎時我突然睜大了雙眼。「運動術科考試？我一輩子都考不到平均分數的那個術科？」

通過筆試，對我來說就像是瞎貓碰到死耗子一般，沒想到真正的問題從通過筆試後才開始。隨著第二關術科考試的日子越來越近，我的心情也越來越沉重。光是想像要在強健的體育系教授和前任的健身教練這些面試官前，演繹運動的動作或是健身的姿勢，就感覺全身都要縮起來了。

更何況，口試的範圍也非常廣。尤其對我這個讀和體育一點關係都沒有的文科人來說，很多單字實在太生僻了。這是我自大學畢業以來，唯一一次重新埋頭在書桌前苦讀，還訂了讀書計畫表來執行。不過因為還是要持續運動，因此我只能在中間不去運動的日子抽空讀書，或是假日的時候苦讀。

我甚至還把題庫密密麻麻地抄寫在小小的筆記本上，趁著上下班的時間抽空來讀。很奇怪的是明明考筆試時已經看過一次，為何會覺得內容還是這麼陌生呢？就這樣經過幾周的學習後，終於才慢慢地看得懂左旋肉鹼（L-carnitine）、同化作用以及複合組式訓練法（Compound Sets Training）這些聽起來就像暗號一般的單字。

本來我是想考過之後，才讓身邊的人知道我報考的事情，但是在考術科之前，實在是不得不對外求助。我自己一個人靠著之前寫的運動日誌，一邊默記一邊獨自練習，效果實在有限。終於有一天，我小心翼翼地對教練說：「那個……教練……我這次申請了生體[1]資格證的考試。」教練「嗯」了一聲，反應和我預期的一樣。在我說明了參加考試的原委後，教練高興地說：「很好，運動邊學邊練當然好，不過什麼時候考術科？」「下周一。」聽到我的回答後，教練約有三秒左右呈現呆滯狀態。

「那不就只剩下五天了？你怎麼現在才說？」

1 譯註：生活體育。

「因為我不好意思，而我的健身程度又不怎麼樣。」

「學習有什麼好不好意思的？你早點說的話，我還可以多教你一些！」

教練稍微思考了一下，點著頭果斷地說：

「不行！從今天開始這五天，你每天都要來。就算不上課，我也可以幫你看一下動作。」

意外得到幫助的我，在考試的前五天，天天都去健身房報到。然後周日健身房休息時，我就在家裡自己練習動作，並拍成影片或把問題發訊息給教練。

雖然要把這段期間以來自己練習時拍的影片給教練看，其實很害羞，但這是在考試前唯一能得到專家回饋與指正的機會，因此格外珍貴。我還在人人都能看見的健身房裡練習參加健身大會的姿勢，我像小魚乾般瘦弱的身體不斷地顫抖，現在回想這真的是既羞恥又珍貴的經驗。終於，到了D-1（考試前一天），那天我也是下班後，在蠻晚的時間才到健身房去，盤腿坐在教練前。

「三個背部運動。」

「滑輪下拉（Lat pull Down）、Long Pull-Down、硬拉。」

「什麼叫 Loading？」

「就是健身選手在比賽前……」

教練聽著我的回答，臉上掛著欣慰的表情。然後一臉悲壯，就像是武林高手的師父在訓誡即將下山的弟子一般地說：

「最後，把我當成考官，對我打聲招呼。」

我本來以為教練只會考健身姿勢，根本沒想到突然來一個這樣的要求，因此有點不知所措。慌慌張張地站起來後，躊躇著開口說：

「嗯，你……你好嗎……」

「錯，不是這樣。這個不是『體育人』該有的氣魄。從事體育的人都喜歡

勇敢無畏的樣子。肚子用力，大聲地發出聲音，像這樣『啊！』」

「啊！你好嗎？」

「不是你好嗎？而是你好！」

「你好……!?」

就這樣，在健身房被其他會員們投以異樣的眼光中，度過了考前的最後一個晚上。本來很擔心的口試和術科考試，結果意料之外地以高分通過。先跟教練報告通過的好消息，結果教練說：「我就說吧！叫你大聲打招呼，結果通過了吧!?」本來我還覺得打招呼哪有多重要啊！但是轉念一想，當我那樣打招呼後，很神奇地就像是七龍珠裡孫悟空的「元氣玉」一般，心情變得沉著不緊張，也能好好地應付接下來的考試。

本來令我覺得畏縮、和我不同世界的超壯碩考生們，以及感覺彷彿和我之間隔著一道巨大的牆的考試官們，因為打了招呼，使我們之間的距離好像瞬間消失了一般。早知道有這種效果的話，我就應該從大喊開始練習。

「各位面試官們！請看看我！我身材雖然瘦弱，但是跟大家一樣都是『體育人』喔！」

至於那天面試官們臉上的微笑，究竟是因為他們覺得自己看到一隻裝作自己很強的弱雞，還是基於認可未來同事的微笑，就無從得知了。

上班族也該培養「興趣」

今天中午吃飯時，大家沒聊工作的話題，反而談起了興趣。在座的每個人都各自有不同的興趣。三十多歲的已婚女性A的興趣是拳擊，今年的目標是能成為選手出道；中年男部長B以前的興趣是柔道、劍道，但最近卻很努力地在健身；而我的興趣也是健身。今天在座的三人的職業其實都和運動有很大的距離，但是都各有自己的興趣。

我因為職業的關係，需要和很多人見面，偶爾不想聊工作，想說些別的話題時，自然而然就會聊到興趣。C的興趣是木製工藝，時間已經有五年，她很自豪地給我們看她存在手機中的木製占板作品；我們聽到興趣是打網球的D在「社區網球大賽」中得到第一名的獎品是十公斤的米時，全部都笑彎了腰。

我沒有想到大家會有這麼多元且多樣的興趣，但或許這也是因為我自己開始有了興趣之後，才漸漸地發現大家都有興趣也說不定。雖然大家各自的公司、職務以及投身的業界都不同，但卻都有一個共通點。那就是只要一說到興趣，眼睛都會變得閃閃發光。

小說家金勳的興趣是騎自行車；村上春樹的興趣雖然多元，不過卻寫了一本暢銷書《關於跑步，我說的是……》；佛洛伊德的興趣是打獵及收集香菇；居禮夫婦的興趣則以是和他們的職業毫無關係的騎自行車而聞名。

就算沒有「每周五十二小時工作制」或「工作與生活的新平衡」這些新概念的推進，我相信一般的上班族都還是會有屬於他們自己的秘密基地，讓他們只要沉浸其中時，就能忘卻複雜的現實、人際關係以及繁重的業務。

之前我在負責尋找媒體能引導與操控的一些「內容主題」（以特定主題為基礎的內容）時，興趣就是其中一個受矚目的話題。過去我曾經聽過好友，或是好友的好友說過很多這樣的案例：有不少人的興趣和自己工作完全八竿子打不著，最後卻因為興趣而成為專家，甚至直接把興趣轉換成正職的。

有一個上班族的興趣是攀岩，最後乾脆把工作辭掉自己開設攀岩場；也有人的興趣是刺繡，本來只是偶爾在部落格中分享刺繡作品，最後乾脆辭掉工作開始賣刺繡相關用品或是舉辦刺繡相關講座。我在搜尋興趣相關話題的資訊

時，發現這些講師有一個共通點是之前都是普通上班族，之後轉作和興趣相關的行業。

在進行和上班族興趣的相關專題時，其中找到的一個企劃也讓我印象深刻，那個企劃是訪問每個公司約聘職員的興趣，而非工作。結果發現他們的興趣從攀岩到MTB、釣魚、騷莎舞、軍事資訊收集等都有，種類相當多樣。

讀了這麼多他們熱情地面對生活與興趣的人生故事訪談，突然有種感覺，就像是看透了他們平日裡西裝筆挺下的真實自己一般。他們就像是將滿滿的能量與火花深藏心中，如同白天是穿著西裝與眼鏡的記者克拉克，而一脫下西裝眼鏡就能變身超人。

當正式培養一個興趣之後，就會感覺自己是站在另一個截然不同的世界。

三十多年來，我不論是在學校或職場，我都不是「活動身體派」的。就算是看到那些把運動當作興趣的人，也只覺得他們和我是完全不同世界的人。但是沒想到有一天我竟然也開始「活動身體」，並且還認識了一輩子都是那樣的人，對我而言完全像是進入了新世界一樣。

一般而言，人們很難脫離自己的圈子去交其他的朋友。因此大家都會透過讀書或是運動等媒介去認識其他世界的人，而這些社交軟體也相當受歡迎。我如果沒把重訓作為興趣的話，這些我不曾看過的世界、不知道的話語以及沒經歷過的情感會有這麼多嗎？

這些全新的事物，哪怕只是像指尖那樣只有一點點，也足以讓我的宇宙變得不同。同時，興趣也變成尋找我體內不計較代價付出熱情的一個契機。只強調熱情卻不給足夠報酬的事情，絕對是不合理，而且應該要根絕的。不過，有一段時間年輕人之間很流行「熱情勞動」和「小確幸」，這樣竭盡全力的生活態度給人一種肯定積極的感覺。

我也是一樣，雖然之前想要認真努力做好工作，但是做為一個活生生的人，這樣難免壓力過大，同時我也不想工作到會影響生活的程度。雖然有很多時候都必須超時工作、自動加班，甚至休假的時候也要工作，但是我試著在決定休息的日子完全不碰和工作相關的書和資料。

然而，我卻慢慢地感覺自己對生活的熱情在消失。這狀態並不是多做些工作就能解決的，因為就算我們想要維持「工作與生活的新平衡」，但是如果沒有能與「工作」相對應的選項的話，是無法講求平衡的。

所以，我有一段時間，只要空閒就在家發呆或看電視、看漫畫、逛網拍或是讀平常沒空讀的小說。當然，這些事情也有助於心靈的放空沉澱，不過，沒有目標的興趣，並不足以讓我感受到那麼大的快樂。

熱情本身不是錯的，但是如果和業務綁在一起的話，就會過度地侵犯個人的私領域空間和自我，因此，一個可以投注熱情，非工作之外的其他事物是相當重要的。興趣說白一點，就是「因為我喜歡所以主動去做」，因此很多人會願意熬夜看書，甚至有人會額外花錢去學東西，就像我不只花錢，還奉獻了每個星期超過三個晚上的時間在興趣上。

有句話說：「世界上所有的好事都發生在額外的勞動和天生的善意中。」興趣對上了年紀的上班族來說，是能連結其他人與世界，並且適當地做好事。

也有句話說：「人生近看是悲劇，遠看是喜劇。」所以，哪怕是被淹沒在複雜的報導和由各種亂七八糟的數字所組成的資料，和每天都塞爆信箱的報導資訊洪流中，記者生活第七年的金某（三十二歲）仍舊會在下班鈴聲被敲響時，拿起她的筆電包，包包一角裝著她熱愛的彈力褲與螢光桃紅的運動背心，然後朝著健身房急速前進。當看到不遠的前方，有人努力地跑著跑步機或是踩著腳踏車時，彷彿就像是來到宴會場所的仙杜瑞拉般，心中怦怦跳個不停。

為了生活的餘裕與幽默，我們需要和工作保持適度的距離。萬一部長罵我寫的報導很糟，這時如果我能在腦海中的對話框放入一些有趣的素材，那麼我想自己應該就能撐下去（不管您說什麼，總之我兩個小時後就要去運動了）。

不管是運動，或是編織，甚至是冥想，都可以成為興趣。總之，為了所有人都能持續幸福的生活，希望未來有更多的上班族都能找到自己的興趣，哪怕只是多一個也好。

期許能早日出現專為女生量身打造的健身房

「健身房的重訓區都擠滿一群男生，是要怎麼進去啊？」

「我是初學者，不太會運動，反而怕大家會給太多建議，還有也介意服裝和臉的問題。」

一般女生不太喜歡上健身房的理由大概就是這些。老實說，剛開始的時候，因為男生很多，的確覺得有點負擔，同時在不是太自在的環境下，也會很在意衣著或是化妝的問題。不過對於已經對健身產生興趣的女生來說，她們就不太會擔心這些問題。

不管是什麼樣的運動，在進入主要運動之前，除了身體的伸展外，還需要能放鬆身體的暖身運動。這樣才能漸漸喚醒沉睡的肌肉，並且在運動時可避免受傷。但是絕大部分的健身房都沒有根據女生的身體條件來設計的啞鈴或器材。

假設要做五十公斤的仰臥推舉（bench press），並不是一開始就做五組五十公斤的推舉。舉例來說，如果是仰臥推舉最多可以舉三十五公斤的人，那麼他在進行主要運動前，就需要使用十到十五公斤的重量先來輕輕地刺激肌肉，然後再慢慢地增加重量為佳。

但是，一般健身房的空桿就有二十公斤重。就女性的情況來說，因為先天上胸部的肌肉就不如男性發達，因此就算有女生可以做一百公斤的深蹲或是硬拉，卻有很少女生能做到六十公斤的仰臥推舉。

實際上，根據英國隆．基爾戈雷（Lon Kilgore）博士提供的基準表，體重五十四公斤的女生，中級仰臥推舉一次的實行基準（1RM）重量是三十七公斤，選手級是六十二公斤。根據表單來看，現在我是中級的程度，平常我最多可以重複做五到十次，而重量是二十五到三十公斤。

而男生的情況就更不一樣。上級的男生三大運動（仰臥推舉、硬拉、深蹲）1RM的重量總和可以高達五百公斤，假設他們一般仰臥推舉可以做一百到一百二十公斤，就男生的立場來說，健身房裡掛在仰臥推舉機上空桿的重量就跟五十公斤重一樣。但是，究竟有多少男生能一開始就做五十公斤的推舉來

暖身呢？

重訓是掌控不同重量的運動。從大部位的大肌肉一直到小部位的小肌肉都需要不同的重量來喚醒它。深蹲舉一百公斤的人，很可能他的三頭運動要做十公斤，肩膀運動要做四公斤。而本來都做二十公斤的運動，也很可能有一天會降到八公斤，但是以高次數的動作來鍛鍊，這樣肌肉才不會產生「慣性」。

但是因為健身房的器材基本上都是以男生平均肌力為基準來考量，因此對女生來說，能夠活用的重量比較受限。後肩上像巴掌一樣小的肌肉，就需要用較低的重量來暖身，之後再慢慢增加重量，不過器材基本的設定重量絕大多數都超過十公斤。

幾個月前，我讀了一篇論文，是關於後肩膀運動的重要性，非常有感觸，所以有一陣子對後肩運動相當著迷。我非常想嘗試書中提及的每個運動，但是運動中心的器材最低都是十四公斤，最後我沒辦法只好去買了一卷運動貼布，想藉著阻力和小小的啞鈴來替代自由重量（Free Weight）訓練。所以當我發現之後要去的健身房裡竟然有五公斤的器材時，可以想見我有多麼開心。雖然說，用五公斤來鍛鍊後肩肌肉，對我來說依然很吃力。

用啞鈴來做自主訓練時也一樣，有些運動中心只有一對三到七公斤的低重量啞鈴，我對此感到很疑惑。像我這樣虛弱的人，只要用三到五公斤的啞鈴就全部解決了，如果萬一有人正在使用五公斤的啞鈴的話，我就只能望眼欲穿地看著他。

另外，每個中心幾乎也都會有一對四十公斤的啞鈴；也會有一對外面包覆著粉紅色橡膠的女性專用低重量啞鈴；像這樣的啞鈴只要超過三公斤，就會因為外表顆粒的關係反而更難使用。

還有槓片的基本重量是二．五公斤，這點也相當尷尬；因為一般來說，槓片是要同時掛在空桿的兩邊，所以每次能調節的重量就是五公斤。之前我以十公斤的基本重量來做二頭肌彎舉（Preacher curl，胸與手臂固定支撐的地方，使用槓鈴或啞鈴來鍛鍊手臂的運動），若想要稍微增加重量，就只能在兩邊各加二．五公斤，但結果只是鼻子一直發出哼哼的聲音，根本完全舉不起來。

然後有一天，館長竟然購買了兩個一．二五公斤的槓片，我真的超開心的。可惜的是，這組槓片的孔和一般基本的空槓不合，因此我只能使用兩條綁頭髮的橡皮筋試著固定，但是固定好的槓片就像是不斷抖動的兩條辮子一般，

結果當然是無法用它來好好運動。

女生如果想確實地利用健身房的話，可能要稍微練得強壯一點才行。上述我提及一些受限的例子，也是我在運動初期會拚命鍛鍊的最主要原因。因為如果要能好好地利用健身房的器具來鍛鍊，至少要把自己調整到在男生的平均值以下才可以。

因為如果連最輕的重量都無法承受的話，那麼健身房的器材不論有多麼閃亮亮，不過只是水中之月而已。而這也正是我覺得相當諷刺的地方。大部分的健身房又不是泰陵選手村（韓國國家代表隊選手訓練地），而是以一般人為對象的營業場所，那麼為什麼要強到一定的程度才能去呢？

對於器材，我還有一點想說的。那就是現在一般健身房引進的大部分都是國外的機種，因為是根據西方男性的體型量身訂做的，因此把手非常厚。我觀察幾個知名的連鎖健身房所使用的器材，對亞洲成年男性來說都顯得過大，更何況是女生呢？

把手大並不只是單純把手大的問題而已。雖然沒有手部運動，不過基本上重訓沒有不使用手的運動。因此如果連把手都過大的話，根本就無法確實地用力，也就是不符合用力的基本條件。

舉例來說，在做輔助型引體向上器材（assisted pull up）時，如果把手過大，容易使力量轉到前腕部（手腕至手肘），反而無法刺激原本想要鍛鍊的部位；本來應該是要感受到背部肌肉的緊縮，而且就背部的肌力來說，做十次應該綽綽有餘，結果卻因為把手不對，可能做了三次就無法繼續了。

所以一直以來，我都會攜帶兩個護腕助力帶，在使用大部分的器材時，並不會直接去握把手，而是將手和器材纏起來做。當然，也有一些男生為了強化訓練會使用護腕助力帶，但是如果器材符合我的身型的話，其實我大可不必做這種吃力不討好的事情。

就運動的活用上來說，訓練椅大多也是以男性的身形來設計，哪怕我調到最低，腳還是無法完全碰到地板，所以我在使用訓練椅時，總是需要在訓練椅下方擺上凳子才行。我的身高已經比一般女生平均要高，真的不曉得比我矮的人該怎麼訓練？

難道是因為器材大多都不適合女生的體型，所以女生才不喜歡重訓的嗎？雖然不是說因為器材不合我的體型，所以我運動能力才差；但是如果試著比較

一下，一個是使用器材時覺得剛好合用，把手也好握，還能調節多種適合自己的重量來鍛鍊不同部位；而另一個是連最低重量都覺得吃力，訓練椅和把手都太大，必須要帶著護腕助力帶才能運動，這兩個相比的話，運動的質又怎麼會一樣呢？

不過，就算是那樣，我也不想說：「看吧！所有的器材都只適合男生使用，所以女生就只能徒手運動。」徒手運動當然也很重要，但是器材本身就是為了彌補徒手運動和自由重量的不足而開發的，如果能適當地活用，不論是做哪一種運動的人，對於強化肌肉，都是相當有效的輔助器具。如果只是因為這些器材不符合女生的體型就放棄的話，那麼能選擇的運動就會大幅減少。

二〇二〇年三月，NASA本來計畫組成女性太空探險團隊，結果消息發布不到一個月就宣布中止計畫。原因是適合女性體型的太空服不足。在太空中，因為重力的影響，所以人的身高會比在地球還要高五公分，因此要製作不同體型的太空服相當困難。而現在超過五百名的太空人中，女性只占十一％。

是因為符合女性體型的太空服少，所以女性太空人才少？還是因為女性太空人本來就少，所以符合女性體型的太空服才少？就相同的邏輯來看，是因為適合女生體型的重訓器材少，因此練重訓的女生才少？還是因為練重訓的女生少，因此適合女生體型的重訓機器才少？大家可能會覺得這只是某部分領域的問題，實則不然，幾乎所有的領域都存在這樣的問題。因此重要的是，身為女性的我們要持續挑戰，並持續向世界發聲，不然的話，這樣的問題就會一直存續下去。

你也是孤獨的運動人嗎？

在五月某個周末的傍晚，我將運動服放在腳踏車的籃子中，步伐沉重地踏上回家之路。不知從哪裡傳來很香的炸物味道，迎著風直往我鼻子裡鑽。不知道是不是因為天氣很好，所以讓人很想來一杯，因此路邊攤坐滿了許多人。

陣陣喧嘩聲中，藍色桌子上的燒酒杯看起來冰涼又閃閃發光，我突然覺得很悲傷。這美好的天氣，彷彿就像是因應喝酒而生一般，而我又在做什麼呢？

今天運動完走向置物櫃的時候，內心也覺得很空虛。在自主訓練的日子裡，絕大部分的情況都是一句話不說，默默一個人運動。如果遇到認識的人，有時會點頭致意，不過有時因為對方在運動中，怕點頭也會打擾到對方，因此就只是安靜地經過。當然，在運動時因為要記住很多事情，所以也沒空去想這些有的沒的。

只不過是當我推開健身房的門走出來時，天空太清透，而且又吹來一陣讓人直想喝酒的舒適涼風，這時我內心的一角常會覺得有點空虛。當我將這樣的煩惱告訴一樣是運動狂的A時，A很酷地說：「健身本來就是『孤獨的運動』不是嗎？」

雖然我算是很喜歡自己一個人做事情的人，不過偶爾也會有覺得寂寞的時候。因為平常上班時要燃燒自己奉獻給公司，所以能自由運用的時間很有限，再加上還要分出時間給運動，自然而然地也減少了能與其他人見面或是交際的機會。我沒有分身術可以分出一個我，和朋友去望遠洞的美麗餐廳裡喝雞尾酒，另一個我則在上岩洞努力和這些器材奮鬥，我只能在兩者間擇一。

然後，大家在提及最近的興趣時，聽到了其他人分享的內容，感覺就像情境喜劇般的有趣，這也變成了一個導火線。

一樣是興趣，有的人加入了運動同好會，聽著他們分享成員的趣事，笑到眼淚都快流出來；公司前輩的興趣也是運動，他很常分享一起上課同學的趣事，而每當這種時候，我都沒什麼好說的，只是默默待著，聽大家的分享。在幾經苦惱後，有一天我終於問了教練：

「教練您從開始運動以來，都不曾覺得寂寞嗎？因為健身不是和其他人一起運動，而是自主訓練。但久了之後好像人際關係都變疏遠了，而擁有其他興趣的人好像都過得很有趣……」

教練聽了我的話之後，想了一下之後，回答我說：

「這世界上沒有什麼有趣的運動和無趣的運動。只是看把多少重心放在訓練上而已。上班族在進行棒球比賽時，看起來不是很有趣嗎？但是也有人幾乎都不參加聚會，像健身一樣，把重心放在練習一個人揮棒；反過來說，也會有人幾乎不練習，喜歡和大家聚在一起，把打棒球當成玩耍的人。所以說，與其說棒球是有趣的運動，倒不如說，如果你有趣地做它，它就會變得有趣。」

聽了教練的話後，我腦中浮現了驚嘆號。就像花式溜冰選手在冰上跳躍飛翔的畫面非常美，但是訓練的過程絕對不是美的；電視節目中播放的籃球比賽哪怕在逼真，實際練習的時候都是投籃五萬次，繞著運動場跑一百圈這樣又累又煩的訓練。

所謂的專業，就像是削木頭的老人一般，每天重複無聊又繁瑣的練習來累積實力，趣味與否的差異只是看將重心放在與人互動或是鍛鍊中的哪一邊而已。但是，問題來了，「那麼，要怎麼做才能讓健身變有趣呢？」教練聽了我的疑問後，搖著頭，臉上掛著「沒那回事，回去練習吧！」的表情。我則不甘心地大叫：

「哪有這樣的！剛剛您明明說世上沒有無趣的運動。一定有方法能讓健身變得有趣的。舉例來說像是舉辦同好會或是找運動夥伴……」

「沒那回事。如果不是一定得要有夥伴時，我一個人練還更輕鬆自在。如果你去的健身房有很多認識的人，常常兩個小時裡真正集中在運動上的時間根本不到一個小時，所以我才故意買其他健身房的一日券，就是為了要能好好集中在運動上。」

「那健身從一開始不就是無聊的運動了？那麼如果不像教練一樣是選手，而是一般人的話，到底為何要練健身呢？」

教練臉上洋溢著讓世界黯然失色的微笑說：

「所以說，做這種運動的人是變態啊！」

教練的笑容中，好像隱含著「你不是也一樣」的含義。接著，教練說：「現在休息夠了，來粉碎肩膀吧！」然後就朝機器的方向而去。我撿起丟在一旁地板上的護腕助力帶，為我可預見的未來而顫抖。看來，如果我還要繼續健身的話，未來我偶爾還會像之前那樣，在周末風和日麗的好天氣中聞著撲鼻的炸物香味，肚子咕嚕咕嚕叫，然後覺得內心有些寂寞。

不過，我並不特別擔心。因為若是現在才要去擔心「無趣」這件事，根本已經為時已晚了，而且，我本來就是個無趣的人啊！在健身時，只要我想，隨時都能聽著自己喜歡的音樂，沉浸在自己的世界中，光是這一點，健身對我來說，就有其他運動無法比擬的樂趣。

在進行背部運動的日子，我在腦海中想像著肌肉們的對話。

闊背肌：「姐姐，今天是因為什麼事召喚我呢？您今天狀態好像很好的樣子？」

脊柱起立肌：「我來掌握核心，您盡量拉拉看吧！」

上腕三頭肌：「昨天剛做了手臂運動，現在還覺得肌肉緊緊的呢……要稍微小心點不要扭到喔！」

上僧帽肌：「大家好～辛苦了（偷瞄）」

（其他三種肌肉）異口同聲：「你不要來亂！」

「做這種運動的人是變態。」

是的，教練。我覺得我好像是變態沒錯。

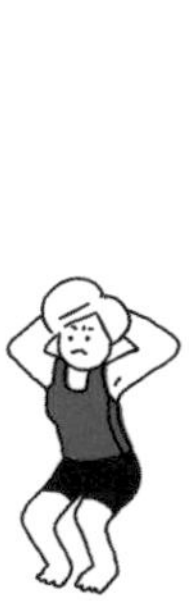

後記

未來我要走的路

1.

日本小說家夏目漱石的暢銷書中有這樣的句子：「為了寫小說，最重要的事情就是每天早上做體操。」

想要做偉大的事情，需要什麼東西呢？其實我們所需要的東西都不如我們想像中的那麼遙不可及，可以說就是當圓圓的太陽升起時，起床洗漱吃飯而已。前聯邦總理海爾穆．柯爾在兩德統一的前一天也是如此；瑪格麗特．米契爾在寫作《亂世佳人》延遲交稿的日子也是一樣。

該睡的時候就好好睡，該吃的時候就好好吃。每天的生活都是由小小的片段匯集成一幅大的圖畫。因此，如果有更好的睡眠、飲食以及活動，就能讓整體的生活變好。

剛開始運動時，或許得下很大的決心。就像是叫幾乎不讀書人的讀書一般，需要很多的努力。但是我們並不會一輩子都在原地踏步，而是會像用四肢在地上爬的嬰兒一般，有一天會成長到能跑跳的程度。剛開始要去上健身房時，我帶著像是要拯救地球一般的覺悟而去，而現在去健身房運動對我來說，就像刷牙一樣自然。

我覺得我和運動之間的那道牆，好像從現在才開始慢慢地被打破。運動不是多難的事情，它是讓我們審視自己身體的方法。就像是為了要開車，需要定期加油一樣的道理。

2.

最近我和一個剛出社會不久的人聊到運動的話題時，他說：「有運動的人真的超帥的，我也很想運動，但是光上下班通勤往返就要三小時，而且很常要工作到晚上十點，運動對我來說真是連想都不敢想的事。」我想，我如果是跟

他一樣情況的話，當然也沒辦法。不，應該說根本也不會去運動。

幾年前我去好友的結婚典禮，然後在途中高跟鞋的鞋跟壞掉了。那是我大學時買的高跟鞋，因為實在太久沒穿了，所以連鞋跟不牢也沒發現。因為一時之間很難找到修鞋的店，所以就去了最近的鞋店。店員看著幾乎都已經磨損並露出裡面鐵心的鞋跟，語重心長地跟我說：

「鞋跟最少一年要換一次，只要固定汰換磨損的部分就可以，你怎麼能把鞋子穿成這樣呢？」

其實類似的事情也曾發生在眼鏡行、美髮沙龍以及牙科。他們都會說：「你只要……就可以了，為何不做？」不過，就像是只要每天花三分鐘就能練成六塊肌一樣，我想，一定也有連那三分鐘都無法投資的人。

不管是誰，其實隨時都能開始運動，但是運動確實需要時間。我之所以開始運動的主要契機是因為「有時間」。當時我剛好轉到相對能遵守朝九晚六，而且周末也確定可以休假的內勤工作，所以才能持續不斷地運動。

此外，運動也需要錢。二〇一九年初，有一張在土耳其拍的照片在ＳＮＳ上引發廣泛的討論，照片中是一位來自敘利亞的難民男孩，他揹著擦鞋的小凳子，落寞地透過玻璃看著健身房。基本上，不管是以任何運動作為興趣，或多或少都必須得花錢，而且對某些人來說，有時候去運動的時間，是他們犧牲賺取生計的時間才換來的，因此經濟上要有些餘裕，去運動才不會太吃力。

尤其是最近如雨後春筍般冒出來的一對一個人ＰＴ課程，或是高級的皮拉提斯中心等，學費大約是每五十分鐘六到八萬韓幣，需有相當的經濟能力才有可能負擔得起。

從運動中能體驗到快感，並能感受到成長這點也相當重要，這樣才能在一開始時就產生興趣，但是如果目標過高，就無法走得長久。雖然活動身體是一件很快樂的事情，卻無法成為生活的唯一目標。因為我們也需要花時間和朋友吃吃喝喝，甚至有時還可以看一看街邊的貓咪。

周圍很多人都想聽我說「運動箴言」。像是為了運動限制飲食，運動能讓身材變得多好，能為生活帶來多大的變化等。有一段時間我也相當熱衷於傳遞我所學會的東西，像是我現在能舉起多重的鐵球，或是我的肌肉量增加了多少等。

但是過了一段時間後，我突然覺得他們看著我的眼光有點奇怪。就像是大

學時期的我去家教時，看著那個穿小恐龍內衣的國小四年級學生一般。我突然之間醒悟了，反正這些和運動相關的事情，對他們來說不過是茶餘飯後的話題罷了。

運動根本不需要多了不起，像是下班後利用瑜珈柱做放鬆筋膜的「運動」，走路「運動」或是一百零八拜「運動」等，也都是相當了不起的運動。

我希望這本書不要讓大家覺得運動有多偉大，或是需要嚴謹地自我管理的感覺。何況並不是所有的人都需要減脂，瘦也不表示比較自律，更不是健康的象徵。對我來說，與其說運動是一種自我開發，倒不如說像是用喜歡的材料做了一道料理，或是傾注全力地打掃家裡，是一個為日常生活加油的行為。

我的夢想是為世界做點有意義的事情，而既然要做，我又貪心地希望這個過程最好能夠有趣一點。在達成夢想前，希望自己的精神和身體都能保持活力，因此我才在每一天的生活中放入這個稱為「運動」的燃料；還有，當我累到想放棄一切時，希望能以這樣的自言自語代替自我責備：

「試了一千、一萬次才終於舉起了一百公斤，難道還有其他事會做不到嗎？」

附錄 幫助健康健身生活的TIP

寫運動日誌

✩運動日誌對初學者有很大的幫助。可以用剩下的日記本，或是利用桌曆紀錄運動的日子，然後簡單的記錄每周、每日做的運動。

✩有請PT的話，紀錄則以教練教的動作和核心重點為主；若是自主訓練，則要簡單寫下自己每個運動執行的組數、感覺，還有需改進的地方。對於不太熟悉的運動，拍攝影片或是畫圖也有幫助。只要是能幫助自己記憶的方法都好。

✩因為人的習慣並不容易改變，所以非常容易重覆相同的錯誤。因此，如果每天簡單寫一下日誌的話，就能發現自己的問題。持續寫下去的話，還能發現自己成長的軌跡，這也是蠻有意義的。

日期	狀態	主要運動部位
10.27	**普通，腰有點僵硬**	**下半身**

運動計畫

❶ 徒手深蹲20次×5組
❷ 弓箭步（沙袋6kg）20次×5組
❸ 腿部彎舉12kg×4組
❹ 坐姿腿屈伸20kg×4組＋腹肌運動（卷腹/平板撐），有氧跑步機30分鐘

注意事項

❶ 做深蹲時，累的話會不自覺前傾。要記得胸口朝上，挺胸面向前方看著鏡子做。要看著鏡中自己的眼神！
❷ 輕鬆完成徒手深蹲。下次試著加上沙袋或壺鈴來挑戰看看。
❸ 做腿部彎舉時，小腿有點痛，這點要特別注意。要確實做好伸展後，再從輕一點的重量慢慢開始。

待釐清事項

❶ 小腿好像比較弱。有什麼能強化小腿的運動呢？
❷ 找找看是否有能提高腳踝柔軟度的伸展運動。
❸ 在做卷腹時腰會痛，需找出正確的姿勢。

挑選健身房的建議

請大家想像自己是主考官，然後確認下面的項目中，哪個是自己最在乎的。根據先後順序來挑選適合自己的健身房。

與家裡的距離：越近越好

對初學者來說，健身房離家越近越好。如果是規律運動的人，那麼可以基於器材或是設備的考量，到比較遠的健身房也無所謂；但是我必須告訴大家，能讓我堅持運動超過三年最主要的原因就是，當時剛開始訓練時，第一個健身房離我家不過才一百公尺的距離而已。

指導者：透過提問找到好教練

什麼樣的人才是好的指導者是難以定義的。建議大家第一次去找健身房時，想像「我就是主考官」，將自己在意的幾個重點列下並隨身帶著，透過簡單的提問來確認。

以我為例，我認為好教練就是不要說什麼減肥的話，個性樸實隨和的人。如果可以的話，可以詢問對方是否有開設 OT 課程，也推薦大家能試上一次免費的 OT。

（因為女生身體構造和男生不同，所以肌力、肌肉成長的部位也不同；建議找對女生的身體較了解的教練來指導為佳。）

設施：清潔度、器材設備狀態、重訓區大小

雖然很多人都說最近的健身房都大同小異，不過就算一樣是連鎖健身房，設施也有很大的不同。像有些健身房的重訓區相當狹小；有些健身房則是有氧運動區相當寬闊。建議大家應該考慮自己主力運動來選擇相關設備和運動空間較寬闊的健身房。舉例來說，如果你的目標是跑步機，而你去的那家健身房卻只有五台跑步機，那麼這對你來說就不能算是適合的健身房。

清潔度也非常重要。你總不想躺在健身椅上時，還聞到就像從老樹年輪上不斷散發出來的逼人汗味吧！另外，窗戶多，機器有定期上油的健身房為佳。

會員組成結構：館內會員的類型

隨著地點和收費的不同，健身房族群也會有差異，有的社區內的健身房幾乎都是老爺爺，然而只要過個馬路，對面的健身房可能都是二十至三十歲的上班族。雖然說健身並不是一起做的運動，但是為了能夠自在地運動，因此會員的組成份子也是相當重要的。

我的健身包（工欲善其事必先利其器的好輔具們）

拉力帶（阻力帶）

運動前要做伸展運動時，或是想給予更多刺激時可活用的輔具。

引體向上用輔助帶（重量訓練彈力帶）

做引體向上時輔助用的厚厚拉力帶。健身房如果沒有引體向上機的話，可以根據個人肌力的情況，活用單槓和輔助帶來徒手運動。

護腕助力帶

主要用途是纏繞在手腕上能補強不足的壓力。做硬拉、引體向上時，如果前腕肌力量不足，也可活用護腕助力帶。

運動腰帶

這是在做深蹲等運動時，支撐核心肌群的腰帶。像是腰部狀況不好的日子，或是為了在運動時維持一定的腹壓，都會使用它作為輔助。種類很多，有魔鬼沾黏貼式或腰帶式。但對初學者來說是非必須輔具。

柔道鞋

在做深蹲時，需要一雙能安定地支撐身體全部重量，底部較硬且有點傾斜的柔道專用鞋。對初學者來說一樣不是必須輔具，不過對某些人來說，穿著柔道鞋來運動，能提升運動的穩定度與效果。

健身手套

這是初學者最先會接觸到的運動裝備，能預防手掌和手指邊界長繭與受傷。不過因為戴著很容易流汗，加上難以和護腕助力帶與保護帶等並用，因此中級運動者多半不使用它。

關節保護帶

在要駕馭比較重的重量時，為了保護手肘、膝蓋、手腕等容易受傷的關節，因此保護帶相當重要。以膝蓋為例，有整個套住膝蓋的護膝，也有纏繞式，或是簡單支撐在關節下方的類型。手腕也有纏繞式、像 versa gripps 一樣介於拉力帶與護腕之間的樣式。

水瓶

除了一般水瓶之外，可選擇能放入一些輔助粉末或是維他命的健身用水壺。如果要補充 BCAA 支鏈胺基酸或是蛋白質補充劑的話，使用這類型的健身水壺更方便。

運動貼布

運動貼布能預防關節受傷，並能加速不穩定部位的肌肉與關節的康復速度，雖然太常使用不好，不過如果派得上用場的話則很有幫助，在網路上也有很多資訊可以參考。雖然藥局多半販售已經裁切過的運動貼布，不過建議購買一整卷的會更便宜。

瑜珈柱

這是就算不健身的人，可能很多人家裡也會有的輔具。瑜珈柱對舒緩健身後的肌肉疼痛相當有效。隨著軟硬度、長度、直徑的不同以及表面有無突起物，有很多種選擇。建議大家可以購買一個硬的，一個軟的，根據實際情況來交替使用。

身體文化 162

再這樣會死掉吧！所以我開始運動：弱雞上班族的生存運動手記

作　者—金芝媛（김지원）
繪　者—許鴈羅（허안나）
譯　者—張鈺琦
主　編—郭香君
責任編輯—龍穎慧
責任企劃—張瑋之
封面設計—李佳隆
內頁設計—呂佳芳
內頁排版—新鑫電腦排版工作室

編輯總監—蘇清霖
董事長—趙政岷
出版者—時報文化出版企業股份有限公司
108019台北市和平西路三段二四〇號一至七樓
發行專線—（〇二）二三〇六—六八四二
讀者服務專線—〇八〇〇—二三一—七〇五
（〇二）二三〇四—七一〇三
讀者服務傳真—（〇二）二三〇四—六八五八
郵撥—一九三四四七二四時報文化出版公司
信箱—10899臺北華江橋郵局第九九信箱

時報悅讀網—http://www.readingtimes.com.tw
綠活線臉書—https://www.facebook.com/readingtimesgreenlife
法律顧問—理律法律事務所　陳長文律師、李念祖律師
印　刷—盈昌印刷有限公司
初版一刷—二〇二一年一月二十九日
初版二刷—二〇二一年五月十一日
定　價—新臺幣三二〇元
（缺頁或破損的書，請寄回更換）

時報文化出版公司成立於一九七五年，
並於一九九九年股票上櫃公開發行，於二〇〇八年脫離中時集團非屬旺中，
以「尊重智慧與創意的文化事業」為信念。

再這樣會死掉吧！所以我開始運動：弱雞上班族的生存運動手記 /
金芝媛（김지원）著；張鈺琦 譯.
-- 初版. -- 臺北市：時報文化出版企業股份有限公司, 2021.1
面；　公分. --（身體文化；162）
譯自：이러다 죽겠다 싶어서 운동을 시작했습니다
ISBN 978-957-13-8527-3（平裝）

862.6　　109021423

ISBN 978-957-13-8527-3
Printed in Taiwan